HEYNE
BÜCHER

Das Buch
Christina und Terri, zwei unternehmungslustige Teenager und beste Freundinnen, machen Urlaub in Florida. Auf dem Highway lesen sie einen Anhalter auf, den jungen, attraktiven James. Aber schon bald kommt seine dunkle Seite zum Vorschein: In einem Restaurant rastet er aus und schlägt einen Kellner nieder. Die schüchterne Terri bekommt Angst vor dem unberechenbaren James, doch Christina fühlt sich zu ihm hingezogen. Eine wilde Odyssee durch die Sumpflandschaft Floridas beginnt. Und dann bemerken sie, dass sie verfolgt werden ...

Der Autor
Robert Lawrence Stine wurde 1943 in Columbus/Ohio geboren. Bereits mit neun Jahren entdeckte er seine Liebe zum Schreiben. Zunächst arbeitete er an TV-Serien und Abenteuergeschichten, seit 1986 aber widmet er sich nur noch dem Horror. Seine »Gänsehaut«-Romane und die Serie »Fear Street« lehrten Millionen Jugendliche das Fürchten. Laut der Zeitung *USA Today* war R. L. Stine damit 1999 der erfolgreichste Kinderbuchautor aller Zeiten. Heute lebt er mit seiner Frau Jane und seinem Sohn Matt unweit des Central Park in New York.

R. L. STINE

DER ANHALTER

Roman

Aus dem Amerikanischen
von Ingeborg Ebel

WILHELM HEYNE VERLAG
MÜNCHEN

HEYNE ALLGEMEINE REIHE
Nr. 01/13391

Titel der Originalausgabe
THE HITCHHIKER

Umwelthinweis:
Das Buch wurde auf
chlor- und säurefreiem Papier gedruckt.

Deutsche Erstausgabe 06/2001

Published by arrangement wizh Scholastic Inc.

Printed in Germany 2001
Umschlagillustration: Joe DeVito/Agentur Schlück
Umschlaggestaltung: Hauptmann und Kampa Werbeagentur, CH-Zug
Satz: (3548) IBV Satz- und Datentechnik GmbH, Berlin
Druck und Bindung: Elsnerdruck, Berlin

ISBN 3-453-18995-7

http://www.heyne.de

1

»Bitte, tu's nicht, James. Bitte – tu mir nicht weh.«

Als er den Highway erreichte, hörte er ihre Stimme wieder. Wie sie ihn bat. Wie sie ihn anflehte.

Er hörte sie wieder weinen, hörte das laute Schluchzen, sah, wie ihre Schultern bebten.

»Bitte, tu's nicht, James.«

Ihre angsterfüllten Schreie folgten James auf seiner Flucht. Wenn ich mich doch nur beherrschen könnte, dachte er. Er hob den Kopf und starrte mit seinen grünen Augen auf das schief stehende Autostraßenschild auf dem etwas erhöhten Randstreifen. Highway 1.

Es war ein paar Stunden her, seit er aus Key West abgehauen war, ungefähr bei Sonnenuntergang. Trotz der Nacht war die Luft noch so heiß wie am Tag, schwer und feucht. Schwül.

»Ich muss hier weg«, sagte er laut und kratzte sich am Nacken.

Für seine siebzehn Jahre war James stark und muskulös. Er hatte breite Schultern und den kräftigen Nacken eines Football-Spielers. Sein blondes Haar war kurz geschnitten, er hatte ein hübsches aber ernstes Gesicht und lächelte selten. Und in seinen olivgrünen Augen schien immer Zorn zu glimmen.

Er war zornig.

Immer zornig.

»Bitte, tu mir nicht weh, James.«

Wieder hörte er ihre verängstigte Stimme, als er den Blick über den schmalen Highway schweifen ließ.

Er nahm die kleine Segeltuchtasche mit seinen wenigen Habseligkeiten in die andere Hand und marschierte über den Randstreifen nach Norden. Seine Sneakers versanken im Sand.

»Ich muss hier weg. Ich muss hier weg.«

Weg von ihrer Stimme, ihren Schreien.

Aber wie?

Er schlug einen Moskito auf seiner Stirn tot.

Weiße Zwillingsscheinwerfer, die sich geräuschlos auf der Straße näherten, als würden sie hinter ihm herschleichen, kündigten ein Fahrzeug an. James drehte sich um und reckte den Daumen seiner freien Hand in die Höhe.

Die Scheinwerfer wurden heller und heller, jetzt von einem lauter werdenden Röhren begleitet, das die Stille der Nacht zerriss.

Er schloss die Augen, als der Wagen, ohne die Geschwindigkeit zu drosseln, vorbeifuhr.

Eine Zeit lang wartete er, bis die Helligkeit hinter seinen Lidern nachließ.

»Bitte, tu mir nicht weh, James.«

Wieder setzte er sich in Bewegung und stieß während des Gehens mit den Schuhspitzen in den feuchten Sand.

Vielleicht verlasse ich Florida und komme nie zurück, dachte er.

War das möglich? Einfach so von zu Hause abzuhauen? Den ganzen Mist hinter sich zu lassen und nie mehr zurückzukehren?

Key West hatte immer nur Ärger für ihn bedeutet. Im Alter von zwölf Jahren war er mit seiner Tante dorthin gezogen. Nach dem Unfall. Nachdem seine Eltern auf dem Highway ihr Leben gelassen hatten.

Was für ein beschissener Ort zum Aufwachsen.

Am Arsch der Welt.

Tiefer konnte man nicht sinken.

Doch seiner Tante gefiel Key West. Sie mochte die verfallenden alten Häuser. Das von Böen gepeitschte blaue Wasser des Golfs. Die überall umherstreunenden Katzen. Sie mochte sogar die zahllosen Touristen, die durch die engen Straßen spazierten, nach Hemingways ehemaligem Haus Ausschau hielten oder vor den Liegeplätzen der Ausflugsboote Schlange standen, die sie zu den Riffen brachten, wo die versunkenen Schiffe lagen.

James hatte Key West von Anfang an gehasst. Vielleicht, weil seine Eltern hatten sterben müssen, damit er da landete. Vielleicht auch, weil seine Tante sich so viel Mühe gab, es für ihn schön zu machen.

Oder vielleicht, weil er es einfach hasste.

An diesem Ort hatte er immer nur Schwierigkeiten gehabt. War er immer voller Zorn gewesen.

Zuerst hatte er gedacht, dass *alle* Teenager voller Zorn seien. Doch die anderen schienen, verglichen mit ihm, so entspannt, so sorglos, so … glücklich zu sein.

Sie interessierten sich nur für ihre Bräune, für ihre Surfbretter und ihre Tauchausrüstung. Für Partys und ihr gutes Aussehen.

Das alles machte James zornig. Wütend. Alles.

Er kickte einen Klumpen Dreck auf den Highway. »Ich gehe nie nach Key West zurück«, murmelte er und schlug noch einen Moskito tot.

Wieder raste röhrend ein Auto an ihm vorbei.

James ging mit hochgerecktem Daumen weiter. Ein Van voller Teenager kam langsam näher. Hielt fast. Er sah, wie ihn die grinsenden Gesichter anstarrten. Einer der Insassen winkte ihm zu. James lief zu dem Van – doch der Fahrer gab Gas und fuhr laut hupend davon.

James drohte zornig mit der Faust.

Dämliche Affen, dachte er.

Am liebsten hätte er sie umgebracht. Sie *getötet!*

»Bitte, James, tu's nicht. Bitte, tu mir nicht weh.«

Er schüttelte vehement den Kopf, als wollte er die flehende Stimme des Mädchens verscheuchen. Wieder hörte er sie weinen, sah, wie ihre Schultern bebten.

Ich weiß, dass ich mich beherrschen sollte, dachte er. Aber manchmal wird es mir einfach zu viel. Manchmal wächst etwas in mir und wächst und wächst und wächst – bis ich explodiere.

Was kann ich nur dagegen tun?

Es war nicht das erste Mal, dass er ihr wehgetan hatte.

Aber es würde das letzte Mal sein.

Er schüttelte den Sand von seinen Schuhen und trat auf die Straße, ohne seinen Schritt zu verlangsamen. Seine Segeltuchtasche nahm er in die andere Hand.

Jemand muss jetzt anhalten und mich mitnehmen, dachte er. Ich kann doch nicht den ganzen Weg nach Norden zu Fuß gehen.

Er marschierte über eine schmale Brücke. Unter ihm plätscherte Wasser langsam dahin, das einzige Geräusch, außer dem seiner Sneakers auf dem Asphalt.

Als Scheinwerfer hinter ihm auftauchten, hob er wieder den Daumen. Noch ein Auto. Es fuhr vorüber.

Enttäuscht senkte er die Hand und spürte erneut Zorn in sich aufwallen.

Doch dann blieb das Auto mit quietschenden Reifen stehen. Sie schlitterten über den sandigen Seitenstreifen. Die roten Rücklichter starrten ihn wie bösartige Augen an.

James lief schnell zu dem schwarzen Buick Skylark.

Das Fahrerfenster senkte sich mit einem Summton. Der Fahrer war ein alter Mann, wie James erkennen konnte. Er hatte einen knotigen kahlen Schädel.

Das Licht spiegelte sich in seinen dicken Brillengläsern.

»Wie weit willst du mitfahren?« fragte der alte Mann lächelnd, wobei er James prüfend durch seine dicken Brillengläser musterte.

James zuckte die Schultern. »Ich weiß nicht«, antwortete er. »Ich möchte einfach nach Norden.«

»Ich fahre nur bis Fort Lauderdale«, sagte der alte Mann und starrte auf die Segeltuchtasche in James' Hand.

»Das wäre nicht schlecht«, erwiderte James.

Er umrundete schnell den Kühler, öffnete die Beifahrertür und ließ sich auf den Ledersitz sinken.

»Wie heißt du?« fragte der alte Mann und fuhr wieder auf die Straße.

»George«, sagte James. »George Murphy.«

James lehnte den Kopf gegen das kühle Leder und schaute sich den alten Mann an, der mit beiden Händen am Steuer konzentriert fuhr.

»Ein schönes Auto«, sagte James und strich mit der Handfläche über den Sitz.

Heute Nacht habe ich Glück, dachte er.

2

»Christina – fahr langsamer!«

Terri ließ sich tiefer in den Beifahrersitz gleiten und klemmte die Knie unters Armaturenbrett. »Bitte – fahr langsamer!«

In Christinas dunklen Augen funkelte Übermut, sie ignorierte ihre Freundin. Stattdessen trat sie noch stärker aufs Gas, und der Honda Accord brauste aufröhrend davon.

»Christina!«, flehte Terri.

»Ich habe es satt, immer nur dreißig zu fahren!«, empörte sich Christina, überholte einen dahinrumpelnden Tankwagen und scherte dann wieder auf ihre Spur ein. »In Florida schleichen sie alle nur. Das macht mich verrückt!«

»Willst du, dass die Cops uns anhalten?«

Christina nahm eine Hand vom Steuer und fuhr damit durch ihre Korkenzieherlocken. »He – wir sind doch nach Florida gefahren, weil wir was riskieren wollten, oder nicht? Weil wir einfach Spaß haben wollen.«

»Du hast bereits mehr als genug Spaß gehabt«, sagte Terri trocken, aber mit leicht missbilligendem Unterton. »Seit wir hier sind, hast du eine Party nach der anderen gefeiert.«

Christina grinste breit. »Wie hieß der Junge noch gleich?«, fragte sie.

»Welcher Junge?«

»Na, dieser tolle Typ«, sagte Christina, noch immer grinsend.

»*Welcher* tolle Typ?«, schrie Terri.

Beide Mädchen lachten.

»Du hast ja auch nichts ausgelassen«, sagte Christina zu ihrer Freundin und beschleunigte, um einen Greyhound-Bus zu überholen.

»Glaubst du, dass Matthew mir schreibt?«, fragte Terri und starrte auf die in der Nachmittagssonne vorbeihuschenden Bäume.

»Kann er denn überhaupt schreiben?« spottete Christina.

»Er ist gescheiter als du ahnst«, entgegnete Terri vielsagend.

»Was für eine Woche!«, rief Christina. »Was für eine *fürchterliche* Woche.«

»Ich war sogar Schwimmen«, sagte Terri.

»Du bist eine *fürchterliche* Schwimmerin!«, verkündete Christina. »Ich wusste, dass du gut bist, aber ...«

»Ich kann noch gar nicht glauben, dass alles vorbei ist und dass wir wieder nach Hause fahren müssen«, klagte Terri.

Und dann wurde ihr Gesicht ernst, denn sie hatte in ihrem Außenrückspiegel etwas entdeckt. »Fahr langsamer, Christina. *Sofort.* Ist das ein Cop?«

Auch Christinas Gesichtsausdruck veränderte sich, als sie einen Blick in den Rückspiegel warf. Sie stieg auf die Bremse. Der Wagen reagierte augenblicklich. »Nein. Das ist nur ein Abschleppwagen.« Erleichtert atmete sie laut aus.

»Mir fiel das Blinklicht auf ...«, sagte Terri.

»Es ist nur ein Abschleppwagen«, wiederholte Christina.

»Sollten uns die Cops anhalten ...«, fing Terri wieder an.

»Hör auf, dir Sorgen zu machen«, unterbrach Christina ihre Freundin. »Ich kann es nicht fassen, dass ich mit jemandem befreundet bin, der sich ständig Sorgen macht.«

»Jemand muss sich Sorgen machen«, sagte Terri ruhig.

Die beiden waren siebzehn – ihre Geburtstage lagen nur drei Wochen auseinander – und obwohl Freundinnen waren sie im Aussehen wie im Temperament grundverschieden.

Christina war dünn und drahtig. Sie hatte einen Wust blonder Locken, ausdrucksvolle braune Augen, in denen der Schalk blitzte, und ein fröhliches Gesicht. Ihr Mund schien immer spöttisch zu lächeln, so dass man den Eindruck hatte, sie mache sich insgeheim ständig über etwas lustig.

Im Gegensatz zur Impulsivität ihrer Freundin neigte Terri zur Vorsicht. Ihre Augen waren himmelblau, und die Blässe ihres Teints wirkte durch ihr schwarzes Haar, das sie zurückgekämmt trug und das ihr bis auf die Schultern fiel, noch blasser.

Christina hatte eine knabenhafte Figur, während Terri eher pummelig war. »Voll entwickelt.« So beschrieb ihre Mutter sie. Terri machte ihre Figur viel Kummer, aber darüber sprach sie mit Christina nie, denn Christina würde nur sagen, dass sie übertreibe, oder sie vielleicht deswegen noch auf den Arm nehmen.

Terri dagegen fand das nicht spaßig.

»Wie lange wollen wir in Tampa bleiben?«, fragte Terri.

Christina zuckte ihre mageren Schultern. Sie trug ein hellgrünes, viel zu großes T-Shirt und grüne Radlerhosen. »Ich weiß nicht. Ich wollte mich nur mit diesem Jungen treffen, den ich letztes Jahr kennen gelernt habe.«

»Den Football-Spieler?«

Christina nickte, die Augen auf die Straße geheftet.

»Ist der Typ nicht etwas zu *alt* für dich?«, fragte Terri kopfschüttelnd.

Christina lachte. »Immer machst du dir Sorgen, *Mom.*«

»Hör auf …«

»Er glaubt, dass ich schon einundzwanzig bin«, sagte Christina kichernd.

»Du siehst aber nicht wie einundzwanzig aus«, entgegnete Terri und seufzte genervt. »Unser Trip war aufregend genug. Vielleicht sollten wir besser direkt nach Hause fahren.«

»Es kann auch sein, dass er gar nicht mehr in Tampa ist«, sagte Christina, als wäre das eine Antwort. »Vielleicht ist er umgezogen oder sowas. Seit Monaten habe ich schon nichts mehr von ihm gehört.«

»Es ist fürchterlich heiß hier drin«, klagte Terri. »Kannst du nicht die Klimaanlage höher stellen?«

Christina warf einen Blick auf das Armaturenbrett. »Ich weiß nicht, wie das funktioniert. Mach *du's!*«

Terri starrte die Knöpfe an. Dann schob sie einen bis zum äußersten Anschlag. Irgendeine Wirkung schien das nicht zu haben. »Warum machen die Konstrukteure die Dinge immer so kompliziert?«

»Sollen wir die Kiste gegen eine amerikanische eintauschen?«, witzelte Christina.

Sie schaltete das Radio ein. Ein Straßenschild mit der Aufschrift »Highway 84« sauste an ihnen vorbei. Die grelle Nachmittagssonne knallte durch die Frontscheibe. Gestern hatte es noch geregnet, und jetzt glänzten die Bäume und die hohen Gräser in dem gleißenden Licht.

Das ist so unwirklich, dachte Terri.

Alles während dieses Trips war unwirklich.

»Der Strand war völlig überfüllt«, jammerte Christina. »Kannst du dich noch an Josh erinnern?«

»Der reiche Kerl mit dem bunten Halstuch?«

»Nein. Das war Eric«, erwiderte Christina lachend. »Josh war der Kleine ...«

»Der Kleine? Er hat dir doch bis zur Taille gereicht!«, kicherte Terri.

»Manchmal hat ein kleineres Format große Vorzüge«, meinte Christina trocken.

»Aber Christina, das war doch ein totales Weichei«, beharrte Terri.

»Nicht total«, sagte Christina.

Beide lachten.

»Und? Wie war er?«, fragte Terri ungeduldig.

»Ich hab's vergessen.«

Wieder schallendes Gelächter.

»Der Strand war überfüllt. Einfach zu viele Leute. Das habe ich doch gerade gesagt«, meinte Christina. Sie überholte einen langsam fahrenden Kombi, der Bauholz geladen hatte, das aus dem Rückfenster ragte.

»Vielleicht sollten wir das nächste Mal nach Daytona fahren«, schlug Terri vor. Sie öffnete das Handschuhfach und kramte darin herum.

»Bäh. Kommt nicht in Frage«, erklärte Christina. »Da treiben sich doch nur diese High School-Clowns rum.« Sie verzog angeekelt das Gesicht. »Außerdem ist es da noch voller als in Lauderdale.«

»Na schön. Und wie wär's mit Palm Beach?«

»Da gibt's zu viele reiche Snobs«, antwortete Christina. »Die leben alle in ihren Residenzen. Ein normales Haus genügt denen nicht.«

»Das hört sich aber gut an«, sagte Terri.

»Was suchst du eigentlich da drin?«, fragte Christina und starrte Terri an, die noch immer in dem Handschuhfach herumkramte.

»Ach, nichts Besonderes«, antwortete Terri und klappte das Fach zu. Sie schaute aus dem Fenster. »Da draußen gibt's ja nichts als Sumpf.«

»Was hast du erwartet?«, blaffte Christina. »Dieser ganze Bundesstaat ist ein einziger Sumpf. Nur Morast. Außer dem Strand.«

»Ich liebe Florida«, sagte Terri.

Christina sah ihre Freundin von der Seite an. »Du hast sogar etwas Farbe bekommen. Sonst bist du immer so blass. Ich dachte schon, du würdest überhaupt nicht braun werden.«

Terri wollte gerade antworten, doch ihr blieb der Mund offen stehen, als sie den riesigen roten Laster auf ihr Auto zukommen sah. Sie sah ihn – dann merkte sie, dass Christina den Truck nicht entdeckt hatte.

»Schau nach vorn!«, schrie Terri voller Panik.

Christina riss das Steuer herum, aber zu spät.

Der Krach war ohrenbetäubend.

3

»Christina – wir sollten anhalten.«

Terri drehte sich um und starrte durch die Heckscheibe zu dem Truck zurück.

»Wir können nicht halten!«, schrie Christina und drückte das Gaspedal durch. Das Auto reagierte sofort und raste davon.

»Aber der Fahrer – er könnte verletzt sein. Er ist direkt gegen die Betonmauer geprallt.«

»Er ist bestimmt okay«, sagte Christina ruhig und mit entschlossener Miene die Augen nach vorn gerichtet. »Er ist Lastwagenfahrer, Terri. Wenn er Hilfe braucht, wird er über Funk welche holen.«

»Er könnte aber schwer verletzt sein«, beharrte Terri. »Schließlich haben *wir* den Unfall verursacht.«

»Nein, haben wir nicht«, entgegnete Christina sanft. »Terri, du weißt, dass wir nicht halten können. Wir wollen doch nicht in Schwierigkeiten geraten, oder?«

»Ich – ich kann's nicht fassen. Du bist so – *ruhig!*«, rief Terri, drehte sich wieder nach vorn und rückte ihren Sicherheitsgurt zurecht.

»Ihm ist nichts passiert«, behauptete Christina eindringlich und warf einen Blick in den Außenspiegel.

»Ich kann ihn sehen. Er steht vor dem Truck. Er ist okay.«

»Der Krach war entsetzlich laut«, sagte Terri und schlang die Arme um ihren Oberkörper als wollte sie sich schützen. »Ich war mir sicher, dass wir mit dem Truck zusammengeprallt sind.«

»Hol mal tief Luft«, sagte ihre Freundin.

»Wozu soll *das* gut sein?«, fragte Terri mit hoher, schriller Stimme.

Christina zuckte die Schultern. »Weiß ich nicht. Klingt aber wie eine gute Idee.«

»Wie kannst du jetzt nur Witze reißen? Wir hätten bei dem Crash sterben können!«

»Na, aber wir sind doch okay«, sagte Christina, schaute in den Rückspiegel und drosselte die Geschwindigkeit auf neunzig.

»Und was ist, wenn er sich unsere Autonummer gemerkt hat?«, jammerte Terri.

Christina lachte. »Dazu hatte er keine Zeit.«

Terri sank in sich zusammen. »Mir ist übel.«

»Beruhige dich endlich. Uns ist nichts passiert. Von einem Trucker, der auf der falschen Fahrbahn fuhr, lassen wir uns doch nicht den ganzen Urlaub vermiesen.«

»Aber *du* warst doch auf der falschen Spur«, beharrte Terri.

»Wie auch immer«, murmelte Christina.

Die beiden fuhren eine Weile schweigend weiter. Terri schloss die Augen und versuchte, den ohrenbetäubenden Lärm des Aufpralls, das schrille Kreischen und Knirschen von Metall auf Beton aus ihrem Kopf zu verdrängen.

»Du hast diesen Matthew also wirklich gemocht?«, fragte Christina schließlich.

Terri öffnete die Augen und warf einen Blick auf den Tachometer. Achtzig. Na, dachte sie, wenigstens hat der Unfall bewirkt, dass Christina langsamer fährt.

»Ja. Er war irgendwie ganz nett«, antwortete sie zerstreut. »Aber ein bisschen zu aufdringlich. Du weißt schon, was ich meine.«

Christina kicherte. »Ich mag es, wenn sie aufdringlich sind.«

Terri runzelte die Stirn. »Nein. Seine Aufdringlichkeit war irgendwie zu ... ich meine ... na ja ... ich weiß nicht, was ich meine.«

»Hat er dir Angst gemacht?«, fragte Christina amüsiert.

»Nein. Also ... ja.«

Christina lachte.

»Lachst du mich aus?« fragte Terri gekränkt.

»Nein. Natürlich nicht«, behauptete Christina. »Du kommst mir nur so ... verwirrt vor.«

»Erinnerst du dich an diese Party am Strand am ersten Abend?« fragte Terri und schaute zum Fenster hinaus. Am Rand des Highways lag eine umgestürzte Trauerweide. »Alle füllten sich mit Bier ab, und die Musik war ohrenbetäubend laut. Na ja, Matthew hat mich von den Leuten weggezerrt, und wir ...«

»He, sieh dir diesen Tramper an«, unterbrach Christina ihre Freundin und verlangsamte das Tempo.

»O nein!«, erklärte Terri bestimmt. »Auf keinen Fall. Auf keinen Fall, Christina!«

»Wie?«

»Wir nehmen auf keinen Fall einen Tramper mit. Haben wir nicht schon genug erlebt?«

»Man kann nie genug kriegen«, meinte Christina. Ihre dunklen Augen leuchteten vor Aufregung.

»Fahr weiter! Es ist mir ernst damit!«, beharrte Terri.

»Schau nur, das ist doch ein irrer Typ. Richtig süß«, sagte Christina und trat auf die Bremse.

»Der und süß? Er sieht wie ein Mörder aus!«

»Übertreib mal nicht, *Mom*«, sagte Christina und streckte ihrer Freundin die Zunge raus.

»Hör auf, mich Mom zu nennen. Ich hasse das, echt.«

»Dann hör auf, dich wie eine Mom zu benehmen!«, entgegnete Christina bissig und lenkte das Auto auf den Randstreifen des Highways.

Der Tramper nahm seine Segeltuchtasche und kam zu Terris Seite getrabt. Er hatte kurze blonde Haare und auffallend grüne Augen. Und er war groß, muskulös wie ein College-Sportler und sehr breitschultrig.

»Christina – mir gefällt das nicht«, sagte Terri unglücklich.

Christina lachte ihre Freundin nur an. »Was soll denn schon passieren?«

4

James warf seine Tasche auf den Rücksitz des Accord und setzte sich daneben. »Wisst ihr Mädchen nicht, dass ihr niemals einen Anhalter mitnehmen solltet?«, fragte er lächelnd, damit die beiden sahen, dass er nur Spaß machte.

Christina und Terri lachten nervös.

»Wie heißt du?«, fragte die Blonde mit dem lockigen Haarwust, drehte sich um und sah ihn prüfend an.

»James«, antwortete er. »James Dark.«

Wow! dachte er. Das hab ich vermasselt. Sonst lüge ich doch immer und gebe einen falschen Namen an – einfach so. Warum habe ich ihr meinen richtigen Namen genannt?

»Und – ruft man dich Jim?«, fragte die andere, die Pummelige. Sie zupfte nervös an einer Strähne ihres schwarzen Haars und beobachtete ihn im Rückspiegel.

»Nein. Niemand nennt mich Jim«, antwortete er und zuckte mit den Schultern. »Warum, weiß ich auch nicht. Alle haben immer James zu mir gesagt.«

Die Blonde stellte sich und ihre Freundin vor. Christina Jenkins und Terri Martin. In Gedanken sagte James immer wieder die Namen vor sich hin. Das war seine Art, sie sich zu merken. Christina und Terri. Christina und Terri.

Die beiden sind ziemlich scharf, dachte er, als er sich zurücklehnte und mit der Hand über die Polsterung strich. »Ziemlich schwül da draußen«, meinte er lächelnd.

Ich wünschte, Christina würde mich nicht so anstarren, dachte er. Das macht mich nervös.

»Wo willst du hin?«, fragte Christina.

James zuckte wieder mit den Schultern. »Egal wohin, nur weg von hier.«

»Wir fahren nach Tampa«, erklärte Terri und warf Christina einen nervösen Blick zu.

»He, ich habe einen Cousin in Tampa«, sagte James. »Paul. Und wie es sich trifft, schuldet er mir noch Geld.«

»Prima«, sagte Christina. »Dann kannst du ja bis dahin mitfahren.«

»Ja, prima«, wiederholte James. »Und wohin fahrt ihr dann?«

»Nach Hause«, sagte Terri schnell.

»Und wo ist das, zu Hause?«, fragte James.

»Nun ... Cleveland«, antwortete Terri widerstrebend und warf Christina erneut einen schnellen Blick zu.

»Ihr beide wohnt in Cleveland?«, wunderte sich

James. »Ich dachte, in Cleveland lebt überhaupt niemand.«

»Na ja, leben kann man es eigentlich auch nicht nennen«, scherzte Christina.

Die drei lachten.

Christina fuhr wieder auf den Highway, und Terri nestelte an ihrem Sicherheitsgurt.

Nicht schlecht, dachte James.

Ich könnte die eine oder die andere haben.

Vielleicht alle beide.

Wie wär's, wenn ich bis Cleveland mitfahre? Wow! Das wäre mal was Neues. Cleveland *muss* ganz anders als Key West sein. So verschieden wie die Erde vom Mars ist!

»Hier gibt's nichts als Sümpfe«, sagte er und schaute aus dem Fenster.

»Und der Regen hat es noch sumpfiger gemacht«, meinte Terri.

»Wo kommst du her?«, fragte Christina.

»Aus Key West«, antwortete James und machte sich sofort Vorwürfe, weil er wieder mal die Wahrheit gesagt hatte. »Seid ihr im Urlaub?« Er wollte nicht über sich reden, schließlich hatte er den beiden bereits zu viel erzählt.

»Ja. Schulferien«, antwortete Christina. »Gehst du in Key West zur Schule?«

»Nicht zu oft«, antwortete er grinsend.

Sie lachten beide.

»Wart ihr schon in Disney World?«, fragte er und rieb wieder mit der Hand über das weiche Polster.

»Nee«, antwortete Christina. »Uns gefällt's nur am Strand. Deswegen sind wir gekommen. Zum Feiern. Du weißt schon, Beach-Partys. Wir laufen doch nicht als Mickey-Mäuse verkleidet rum.«

James kicherte. »Wo wart ihr? In Miami?«

»Nein. In Lauderdale«, antwortete Christina. Sie beschleunigte und überholte einen Camping-Anhänger, der von einem alten Plymouth voller Kids gezogen wurde.

»Habt ihr euch amüsiert?«, fragte James.

»Und wie«, erwiderte Christina.

»Bist du die Stille?«, fragte James und beugte sich vor, um Terris Aufmerksamkeit zu erregen.

»Ja, das bin ich«, antwortete Terri knapp.

»Du siehst einer Bekannten von mir ähnlich«, sagte er.

»Wirklich?«, fragte Terri gleichgültig.

»Ja. Sie hieß Lizzy und war eine ausgezeichnete Schwimmerin. Sie tauchte auch – mit diesen Schatzjägern. Du weißt schon. Solche Typen, die in der Nähe von Riffen nach gesunkenen Schiffen suchen. Du siehst ihr sehr ähnlich.«

»Jedenfalls kann ich auch gut schwimmen. Bist du im Urlaub?«, fragte Terri beunruhigt.

»Eigentlich nicht«, sagte James.

»Du bist nicht im Urlaub, und du weißt nicht, wo du hin willst?«, fragte Christina.

»Sieht ganz danach aus«, entgegnete James und grinste Christina an, die ihn im Rückspiegel beobachtete.

»Und du bist von Key West bis hierher per Anhalter gefahren?«, erkundigte sich Terri.

»Willst du noch mehr Fragen stellen?«, blaffte James. Er sah, wie Terri rot wurde.

Wow, sagte er sich. Du darfst sie nicht so anblaffen. Bleib cool, Mann. Die Mädchen nehmen dich bis Cleveland mit. Mach sie nur nicht nervös.

Er lachte, um Terri zu zeigen, dass er nur lustig sein wollte. »Ich hatte Glück. Mich hat jemand bis Lauderdale mitgenommen«, sagte er zu ihr.

Dann fuhren die drei eine Weile schweigend weiter. Die tief stehende Sonne des Spätnachmittags brannte durch die Frontscheibe. Die Hitze staute sich auf der Straße und verzerrte die Konturen.

James trommelte nervös mit den Fingern aufs Polster, dann spielte er am Griff seiner Segeltuchtasche. Das Schweigen gefiel ihm nicht.

In der Stille kamen ihm immer böse Gedanken.

In der Stille hatte er zu viel Zeit zum Nachdenken.

Wieder hörte er ihre Stimme, hörte das Flehen, ihr nicht wehzutun.

Sie verfolgt mich, dachte er.

Sie wird mich den ganzen Weg bis nach Cleveland verfolgen.

»Kannst du die Klimaanlage nicht höher stellen?«, fragte er und beugte sich vor. »Hier hinten ist es ziemlich heiß.«

»Ich hab's schon probiert«, sagte Terri und fummelte wieder an den Knöpfen herum. »Aber ich weiß nicht, wie es geht.«

James beugte sich noch weiter vor und betrachtete die Skala. »Schieb den Knopf mit der Bezeichnung ›Lüfter‹ nach oben«, sagte er zu Terri. »Dann arbeitet der Ventilator stärker.«

Als sie den Knopf gefunden hatte, schob sie ihn gehorsam hoch, und kalte Luft strömte aus den Düsen.

»Du bist genial!«, verkündete Christina.

»Sagt mir jeder«, entgegnete James. Er lehnte sich zurück und genoss den kalten Luftstrom auf seinem Gesicht.

Wieder schwiegen sie. Die Sonne stand jetzt tief über dem schnurgeraden Highway. Es sah aus, als würden sie geradewegs in den glühenden Ball hineinfahren.

»He! Hat vielleicht jemand Hunger?«, fragte James nach einer Weile. Vor allem, weil er das Schweigen brechen wollte. Diese Stille. Diese schmerzliche Stille. »Da drüben ist eine Imbissbude. Sieht cool aus.«

Christina ging vom Gas. Die drei musterten die Gaststätte. Es schien sich um einen mit glänzendem Metall verkleideten ehemaligen Eisenbahn-Waggon zu handeln, der hinter einem schmalen, mit Kies bestreuten Parkplatz aufgebockt stand. Das Neonschriftbild in dicken Blockbuchstaben verkündete EVERGLADES DINER und war noch nicht erleuchtet.

»Probieren wir's mal«, sagte Christina und schlug das Lenkrad ein, um auf den Parkplatz zu fahren.

»Die Everglades sind aber nicht in der Nähe«, protestierte Terri.

»Vielleicht gehört die Bude einem Mister Everglade«, scherzte Christina.

James lachte. »Vielleicht gibt's da Alligator-Burgers.«

Christina parkte vor dem Eingang und schaltete den Motor aus.

»Stehen Alligatoren nicht unter Naturschutz?« fragte Terri.

»Tun wir das nicht alle?«, meinte James lakonisch. Er kletterte aus dem Wagen, streckte die Beine und reckte die Arme hoch über den Kopf. Aus den Augenwinkeln sah er, dass die Mädchen ihn beobachteten.

Die sind scharf auf mich, dachte er, insgeheim erfreut.

Das konnte eine interessante Fahrt werden.

»Du trainierst?«, fragte ihn Christina. Ihre Schuhe knirschten auf dem Kies, als sie zur gläsernen Eingangstür des Diners gingen.

»Ein bisschen«, sagte James bescheiden.

Er schenkte ihr sein provozierendstes Lächeln, sexy und einladend. Eigentlich hatte er erwartet, dass sie den Kopf abwenden würde, aber sie erwiderte herausfordernd seinen Blick.

Im Gastraum war es kühl. Das Röhren der Klimaanlage konkurrierte in der Lautstärke mit der Countrymusic aus der Jukebox.

Hinter der Theke stand ein junger Mann mit weißer Schürze. Er las in einer Ausgabe des *National Enquirer* und bewegte stumm die Lippen dabei. Er hatte stacheliges braunes Haar, ein pickeliges Gesicht und einen Diamant-Stecker in einem Ohr. Als James mit den Mädchen reinkam, blickte er kurz auf und las dann schnell in seiner Zeitung weiter.

James ging voran und führte die beiden zu einer Sitzgruppe aus rotem Vinyl. Er sah, dass sie die einzigen Gäste waren. Die Mädchen setzten sich ihm gegenüber.

»Wer singt denn da?«, fragte Christina.

»Randy Travis«, informierte James sie.

»Taugt der was?«, fragte sie und griff nach der in Plastik eingeschweißten Speisekarte.

James' Kinn klappte runter. »Wie? Du kennst Randy Travis nicht?«

»Ich hab's nicht so mit Country«, antwortete Christina und las die Speisekarte.

»Ich glaube, ich hab ihn mal im Fernsehen gesehen«, sagte Terri.

»Da habt ihr aber einiges verpasst«, meinte James ernst. Sein ganzes Leben hatte er Countrymusic gehört. Er mochte diese Musik, weil sie so traurig war. Jeder Song war irgendwie traurig. Sogar die Stimmen der Sänger und Sängerinnen waren traurig.

Die drei lasen die Speisekarte. James sah Christina und Terri an.

Zwei heiße Chicks, dachte er.

Hoffentlich kann ich Ärger vermeiden.

Aber Pech und Ärger gehören zu mir wie mein Name.

Bad luck and trouble, ist das nicht ein Countrysong? Wer hat den noch gleich gesungen? Das müsste meine Titelmelodie sein …

Er schnickte die Speisekarte auf den zerkratzten FormikaTisch, drehte den Kopf und rief dem Jungen hinter der Theke zu: »He, könnten Sie uns vielleicht bedienen? Oder sind Sie zu beschäftigt?«

Der junge Mann reagierte überhaupt nicht. Er las weiter Zeitung, wobei er die Lippen bewegte.

James fühlte Wut in sich aufsteigen.

Das fing immer in seiner Brust an, ein brennendes Gefühl, ein Engerwerden. Dann breitete sich der Zorn bis in seine Nackenmuskeln aus. Schließlich dieses Hämmern in den Schläfen.

Nach einer ganzen Weile blickte der Thekenjunge auf, faltete seine Zeitung, kam hinter der Theke hervor und schlenderte an den Reihen Sitzgruppen entlang bis zu den dreien.

»He, Sie sind ja ein ganz Schneller«, sagte James ironisch. »Sie sollten Ihre Geschwindigkeit etwas drosseln.«

Der junge Mann ignorierte James und starrte die Mädchen an. »Wisst ihr schon, was ihr bestellen wollt?«, fragte er die beiden.

»Wir wissen das schon *längst*«, blaffte James wütend.

Der junge Mann ignorierte James weiter, er konzentrierte sich auf Christina. »Du siehst gar nicht so übel aus«, sagte er, ein schiefes Lächeln im pickeligen Gesicht.

»Gefallen dir deine Zähne?«, fragte James ihn. Seine grünen Augen hatten sich zu drohenden Schlitzen verengt. »Oder soll ich sie dir aus deinem Maul prügeln?«

Der junge Mann schnaubte, drehte sich zu James um und tippte ihm mit dem Zeigefinger auf die Schulter. »Hör mal, Mann …«

James explodierte.

Wie schon so oft.

Er sprang auf und packte den völlig überraschten Typ mit beiden Händen an der Schürze.

»He! Lass das!«, hörte James Terri schreien.

Zu spät.

James stieß den Jungen hart über den Gang. Der Typ schlug mit dem Rücken schwer gegen die Theke und schrie auf vor Schmerz.

»James, was soll das?«, schrie Terri. »Er hat dir doch überhaupt nichts getan!«

Aber in James' Schläfen pochte das Blut. Er fühlte, wie es rauschte, fühlte den glühend heißen Zorn in seiner Brust.

»He, Mann ...« Der Junge hob beide Hände wie zum Schutz, doch James packte ihn wieder, zerrte ihn von der Theke weg und schleuderte ihn erneut dagegen. Dieses Mal schien er zurückzuprallen und fiel mit einem lauten Schrei auf die Knie in den Dreck am Boden.

»*James!*«, schrie Terri.

»Los, kommt! Raus hier«, sagte James und starrte den Jungen böse an, der starr in seiner Position verharrte.

»Aber *James!*«

Die Mädchen folgten ihm hinaus auf den Parkplatz. Die Sonne sank hinter den Zypressen auf der anderen Seite des Highways.

Er sah, wie die beiden vielsagende Blicke tauschten.

Hatten sie Angst – oder waren sie beeindruckt?

Terri wirkte verängstigt. Christinas Gesichtsausdruck konnte er nicht deuten.

»Was für ein Scheißkerl«, murmelte James und trat nach einem Kieselstein. »Wirklich. Ein richtiger Scheißkerl.«

»Aber, James …«, fing Terri an, den Blick auf Christina gerichtet.

Aus irgendeinem Grund fing James zu kichern an. Ein schrilles, dünnes Kichern kam aus seinem Mund. Wie Luft, die aus einem Luftballon entweicht.

James beruhigte sich langsam. Das Pochen in seinem Kopf hörte auf. Die Muskeln in seinem Nacken entspannten sich.

»Mensch, bist du jähzornig«, sagte Christina und sah ihn eindringlich an, als sähe sie ihn zum ersten Mal.

Du weißt noch nicht mal die Hälfte, Mädchen, dachte James.

Du weißt nicht mal die Hälfte.

5

»Ich glaube, wir haben einen schlimmen Fehler gemacht«, flüsterte Terri. »Ich habe dir *gesagt,* du sollst ihn nicht mitnehmen.«

Im Rückspiegel beobachtete sie James, der auf dem Rücksitz, den Kopf an den Fensterrahmen gelehnt, mit leicht geöffnetem Mund fest schlief. Schatten flackerten über sein Gesicht.

»Im Schlaf sieht er wie ein kleiner Junge aus«, flüsterte Christina, drehte sich im Beifahrersitz um und betrachtete ihn. Dann wandte sie sich wieder Terri zu.

»Wie Freddy Krügers kleiner Sohn«, murmelte Terri und heftete den Blick erneut auf die Straße. Ganz plötzlich war es Nacht geworden, wie ein fallender Bühnenvorhang am Ende der Vorstellung. Tief und schwer hing der blauschwarze Himmel über ihnen.

Die Dunkelheit fühlte sich irgendwie *klebrig* an. »Er hat diesen Jungen im Diner fast umgebracht. Ohne jeden Grund.»

»Pst!«, warnte Christina. »Sonst weckst du ihn.«

»Na und?«, fauchte Terri. »Er schläft seit Sarasota. Vielleicht könnte er mal aufwachen und eine Weile fahren. Meine Augen tränen. So müde bin ich.«

»Na, übertreib mal nicht«, flüsterte Christina. »Von *umgebracht* kann ja wohl keine Rede sein. Er hat ihm nur einen Stoß verpasst.«

»Ja. Richtig«, meinte Terri ironisch und verdrehte die Augen.

Im grellen Scheinwerferlicht tauchte das Schild »Highway 75« auf. Nach einer Kurve tat sich vor ihnen eine dunkle Weite auf, dunkler als die Straße, dunkler als die Bäume. Ein bodenloses schwarzes Loch erstreckte sich anscheinend bis in die Unendlichkeit.

»Ist das Wasser?« fragte Christina, noch immer flüsternd.

»Ja. Der Golf«, antwortete Terri. »Ich glaube wir nähern uns der Tampa Bay. Ich kann es kaum erwarten, ihn in Tampa auf die Straße zu setzen.«

»Aber er ist doch so süß«, protestierte Christina. »Er ist doch nichts als ein großer Teddybär.«

»Ein Teddybär mit unkontrollierten Wutanfällen«, flüsterte Terri. »Er ist mir unheimlich, Christina.«

»Vielleicht gefällt mir gerade das an ihm«, sagte Christina nachdenklich. Sie drehte sich wieder um und starrte James an.

Er stöhnte im Schlaf und veränderte seine Lage.

»Er läuft vor irgendwas davon«, flüsterte Terri. »Vor was Schlimmem. Ich fühle das.«

»Hör auf, so melodramatisch zu sein!«, schimpfte Christina kopfschüttelnd. »Du siehst viel zu oft *Buffy*. Das Leben ist keine Seifenoper, Terri.«

»Warum sagt er uns dann nicht, wohin er will?« wollte Terri wissen. »Oder ob er noch auf die High School geht oder nicht. Oder irgendetwas. Er hat uns überhaupt nichts über sich erzählt.«

»Er ist einfach nur schüchtern«, erwiderte Christina und stupste Terri neckend in die Seite. »Na, komm schon. Gib's zu. Du findest ihn auch süß.«

»Überhaupt nicht«, beharrte Terri. »Und stups mich nicht, während ich fahre.«

»O Gott«, sagte Christina sanft. »Wie empfindlich du plötzlich bist.«

»Ich habe nur Angst, mehr nicht«, entgegnete Terri hitzig. »Bis jetzt ist alles gut verlaufen. Wenn man bedenkt ... Aber ihn haben wir nun wirklich nicht gebraucht, um die Dinge noch zu komplizieren. Wir wissen nur, dass er total verrückt ist!«

»Hat da jemand ›verrückt‹ gesagt?«

Vor Schreck schrien die beiden laut auf.

James lachte. »Was ist los? Wo sind wir?«, fragte er, noch immer lachend, setzte sich aufrecht hin und rieb sich die Augen. »Sind wir schon in Cleveland?«

»Haha«, meinte Christina sarkastisch. »Du hast zwar lange geschlafen, aber nicht so lange. Bis Tampa sind es noch etwa hundertzwanzig Kilometer.«

»Prima«, erklärte James und kratzte sich am Kopf. »Ich hoffe, ihr zwei habt über mich geredet, während ich geschlafen habe.«

»Sowieso. Klar haben wir das«, gestand Christina.

Terri warf ihrer Freundin einen wütenden Blick zu.

»Und seid ihr zu dem Schluss gekommen, dass ich ein *übler* Kerl bin?«, scherzte James.

»Der übelste überhaupt«, antwortete Christina schnell, drehte sich auf dem Beifahrersitz um und lächelte ihn an. »Möchtest du eine Weile fahren? Terri wird ein bisschen müde.«

»Warum nicht?« James klang überrascht.

»Hast du einen Führerschein?«, fragte Terri misstrauisch.

»Einen Angelschein?«, gab er lachend zurück.

»Der genügt«, sagte Christina. »Ich habe nur eine beschränkte Fahrerlaubnis, aber die gilt in Florida nicht. Dabei bin ich die meiste Zeit gefahren.« Sie warf Terri einen bedeutungsvollen Blick zu.

»Du bist ja eine richtige Verbrecherin«, sagte James kichernd. »Ich bin schwer beeindruckt.«

Christina und Terri wechselten schnelle Blicke.

Terri lenkte das Auto auf den Randstreifen und schaltete die Automatik auf Parken. Dann stieß sie die Tür auf und stieg aus. Eine Woge heißer, feuchter Luft schwappte ins Auto.

James rutschte hinters Lenkrad und lächelte Christina an, während es sich Terri auf dem Rücksitz bequem machte. Seine grünen Augen glänzten im gelben Licht der Innenbeleuchtung. Er griff unter den Sitz, fand nach kurzem Herumtasten den Hebel und schob den Sitz zurück, um Platz für seine Beine zu schaffen. Ein paar Sekunden später waren sie wieder unterwegs, rollten auf dem kaum befahrenen Highway durch die tintenschwarze Nacht.

Christina musterte ihn prüfend. Ihr gefiel sein ernster Gesichtsausdruck. Wie er mit zusammengekniffenen Augen durch die Windschutzscheibe spähte. Wie sein blondes Haar im Scheinwerferlicht entgegenkommender Autos glänzte.

Er sieht wirklich gut aus, dachte sie. Auf eine harte Weise.

Auf eine gefährliche Weise.

»Es ist so ruhig hier drin«, sagte James nervös und trommelte mit den Fingern aufs Lenkrad. »Mal sehen, ob wir im Radio was finden.«

Er nahm die rechte Hand vom Steuer und wollte das Radio einschalten.

Doch noch ehe er den Knopf fand, hörten sie die Sirene.

Laut. Und nahe.

Heulend wie ein aufjaulendes Tier direkt hinter ihnen.

Und dann reflektierte der Rückspiegel die kreisenden roten Lichter, die im Wagen eine schreckenerregende, pulsierende Glut verbreiteten.

»Cops!«, schrie James. »Aber ich fahre doch gar nicht zu schnell!«

»Ich *wusste* es!« kreischte Terri schrill vom Rücksitz her. »Wir hätten ihn nicht mitnehmen sollen! Ich *wusste* es!«

Christina warf James einen vorwurfsvollen Blick zu. »Jetzt flipp bloß nicht aus! Fahr einfach rechts ran!«, überschrie sie das Heulen der Sirene.

6

»Ich *wusste* es!«, schrie Terri, drehte sich um und starrte durch die Heckscheibe auf die kreisenden roten Lichter.

»Halt die Klappe! Halt doch endlich die Klappe!«, brüllte Christina und hielt sich die Ohren zu.

Der Honda holperte über den Randstreifen des Highways, wirbelte Kies auf und schlitterte dann durch hohes Unkraut.

Das darf doch nicht wahr sein, dachte Christina, schloss die Augen und versuchte, das Sirenengeheul und die ganze Welt auszusperren.

Aber das Geheul wurde noch lauter.

Und dann verblassten die roten Lichter, die durch das Wageninnere zu hüpfen schienen. Es wurde wieder dunkel. Und das Geheul wurde auch schwächer.

In fassungslosem Schweigen sahen die drei, wie der Streifenwagen vorbeiraste.

Sekunden später war er hinter einer Kurve des Highways verschwunden. Die Rücklichter glichen winzigen roten Augen in der Dunkelheit, die einfach verschwanden.

Dann: Stille. Dunkle Stille.

»Der Bulle fährt wahrscheinlich nur zum Dinner nach Hause«, sagte James, lachte laut und schüttelte den Kopf.

Den beiden Mädchen war das Lachen vergangen.

Schließlich richtete sich Christina auf dem Beifahrersitz auf. »Wir sind wohl etwas in Panik geraten«, sagte sie trocken und drehte sich zu Terri um. »Bist du okay?«

Terri nickte. »Ja. Mir geht's gut«, entgegnete sie ein wenig zittrig. »Ich dachte nur …«

James legte einen Arm auf die Rückenlehne und schaute Terri an. »Ich hab's kapiert. Du hast ja laut genug geschrien«, sagte er leise, ohne zu lächeln.

»Ich … ich wollte nicht …«, stammelte Terri und sah dann Christina hilfesuchend an.

»Glaubst du etwa, ich werde von der Polizei gesucht oder so was?«, fragte er gekränkt und schaute ihr eindringlich in die Augen. »Hältst du mich etwa für einen Verbrecher?«

»Nein«, entgegnete Terri schnell. »Ich hatte nur Angst.« Wieder schweifte ihr Blick zu Christina. »Vorhin, im Diner, da warst du so … unbeherrscht.«

»Also hast du gedacht, die Bullen seien hinter mir her?«, hakte James nach.

»Ja. Nein. Ich weiß nicht, *was* ich gedacht habe. Ich hatte einfach nur Angst«, gab Terri zu. »Tut mir Leid. Ich entschuldige mich. Okay?«

»Okay.« James reichte ihr die Hand.

Terry war erstaunt, wie kalt seine Hand war.

Hatte James doch mehr Angst, von der Polizei angehalten zu werden, als er bereit war zuzugeben?

»Wow. Ich war mir sicher, dass du zu schnell gefahren bist«, sagte Christina. Sie legte die linke Hand auf James' breite Schulter und zog sie hastig wieder zurück. »Wie schnell bist du gefahren?«

»Nicht sehr schnell«, sagte er, drehte sich wieder nach vorn und warf einen Blick in den Rückspiegel. »Nur ungefähr achtzig.« Er schaltete die Automatik auf ›Drive‹ und lenkte den Wagen auf den Highway zurück.

»Auf nach Tampa!«, verkündete Christina fröhlich. »Und wenn wieder ein Cop hinter uns her ist, veranstalten wir ein Wettrennen – richtig?«

James lachte. »Richtig. Wir legen den Turbo-Gang ein und zischen wie eine Rakete davon!«

Er drückte das Gaspedal durch, und der Honda raste durch die Nacht. Christina beoachtete die Tachonadel, bis sie sich bei neunzig einpendelte.

»Was meinst du, wie schnell fährt dieses Auto?«, fragte sie.

»Nicht sehr schnell«, entgegnete James, das Gesicht im Schatten.

»Wie schnell bist du jemals gefahren?«, fragte sie, rückte näher an ihn heran und musterte wieder sein abwechselnd in Schatten und Licht getauchtes Gesicht.

»Ich bin noch nicht oft gefahren«, entgegnete er ernst. »Meine Tante kann sich kein Auto leisten.«

Christina schnalzte mit der Zunge, und legte ihm wieder probeweise die Hand auf die Schulter. Da es ihm nichts auszumachen schien, ließ sie sie eine Weile dort liegen. »Armer Junge«, sagte sie spöttisch.

»Machst du dich etwa über mich lustig?«, ging er auf ihren Ton ein und warf ihr einen Blick zu.

»Wer, ich?« Christina schaute nach hinten. Terri saß aufrecht da, aber ihr Kopf war auf ihre Brust gesunken. Ihr gleichmäßiges, tiefes Atmen verriet, dass sie schlief.

Christina streifte mit ihrem Haar James' Schulter. Er tat so, als würde er es nicht merken.

Wie von einer mächtigen Kraft fühlte sie sich zu ihm hingezogen. Er war so anders als die Boys, mit denen sie die ganze Woche am Strand abgefeiert hatte. Er war so ernst ... so stark ... und so geheimnisvoll.

Die anderen Boys waren nichts als Angeber. Sie interessierten sich nur für Partys, Surfen und Girls aufreißen.

Aber James – James interessierte sich für ...

Sie wusste nicht, *wofür* sich James interessierte.

Sie wusste nichts über ihn. Rein gar nichts.

Gähnend schloss sie die Augen. »James, bist du ein Mann mit Geheimnissen?«, platzte es aus ihr heraus. Ich muss sehr müde sein, dachte sie. Nie würde ich so etwas sagen, wäre ich hellwach.

»Ja, ich bin ein Mann mit Geheimnissen, der darauf wartet, dass sie gelüftet werden«, entgegnete er. Sie machte die Augen auf und sah, dass er sie angrinste.

Er nahm seine rechte Hand vom Lenkrad. Christina dachte, er würde nach ihrer Hand greifen. Doch stattdessen schaltete er das Radio ein.

Die Stimme eines Predigers dröhnte durchs Wageninnere. James drehte den Ton leiser.

Christina wandte den Kopf nach hinten, um zu sehen, ob Terri wach geworden war. Aber ihre Freundin schlief noch immer, das Kinn auf der Brust. James drückte die Tasten, bis er einen Sender gefunden hatte, der Kuschel-Rock spielte. James Taylor sang.

Wieder streifte Christina leicht mit ihrem Haar James' Schulter.

Der Song war zu Ende. Und ein Sprecher verlas den Werbespot eines Gebrauchtwarenhändlers in Bradenton.

Der Highway folgte einer Bodensenke und verlief dann schnurgerade die Küste entlang nach Norden. Der tiefe, dunkle Golf von Mexiko war jetzt außer Sicht. Aber er war da, direkt hinter den schweigenden Bäumen.

»Und nun die neuesten Nachrichten von K-107«, sagte der Sprecher mit dem leichten Akzent der Südstaaten. »Ein älterer Mann weißer Hautfarbe aus Fort Lauderdale wurde heute am frühen Abend bewusstlos am Highway 95 südlich der Stadt aufgefunden; vermutlich das Opfer eines Raubüberfalls, denn der Wagen des Mannes wurde gestohlen. Wie die Polizei annimmt, ist der Täter wahrscheinlich ein Tramper. Da die Angehörigen des Mannes über das Geschehen bisher noch nicht informiert werden konnten, wird die Identität des Opfers erst zu einem späteren Zeitpunkt bekannt gegeben.«

James schaltete das Radio aus.

Nervös sagte er zu Christina: »Ich hasse Nachrichten – du auch?«

7

»Ich glaube, das da drüben ist das Haus meines Cousins«, sagte James und deutete in die Richtung.

»Wie kannst du sie voneinander unterscheiden?«, fragte Christina gähnend. »Die sehen doch alle gleich aus.«

Terri nahm den Fuß vom Gas. Sie fuhren durch eine Siedlung eng nebeneinander stehender quadratischer, weiß verputzter Häuser im spanischen Stil, die auf kleinen quadratischen Rasenflächen standen.

»Ich glaube, Pauls Haus hat die Nummer zweiundvierzig«, sagte James und las mit zusammengekniffenen Augen die mit Schablonen aufgemalten Zahlen auf den Briefkästen. »Daran kann ich mich erinnern. Zweiundvierzig. Letztes Jahr war ich mal hier.«

»Wir sind jetzt schon zweimal um den Block gefahren«, erinnerte Terri ungehalten.

»Fahr noch einmal rum«, verlangte James. »Ich bin mir ziemlich sicher, dass ich weiß, welches Haus es ist.«

Terri seufzte müde.

Die drei hatten das Gefühl, schon seit einer Ewigkeit unterwegs zu sein. Jetzt waren sie gereizt, blinzelten in der strahlenden Sonne, gähnten und wollten endlich ihr Ziel erreichen.

Die Girls glauben, dass ich bei meinem Cousin bleibe, dachte James und schirmte mit einer Hand seine Augen ab, während er blinzelnd die vorbeihuschenden Hausnummern las.

Die werden sich noch wundern.

Er hatte einen Entschluss gefasst. Er würde mit den beiden nach Cleveland fahren. Je weiter weg, umso besser, fand er. Vielleicht ist Cleveland nicht einmal weit genug.

Dass sich Christina darüber freuen würde, wusste er. Sie war eindeutig an ihm interessiert: Die Art, wie sie ihm eindringlich in die Augen schaute. Wie sie ihn musterte. Wie sie scheinbar beiläufig mit ihrem Haar seine Schulter streifte. Wie sie ihn ständig berührte, ihm beim Sprechen die Hand auf den Arm legte.

Sie ist scharf auf mich, dachte James, und das freute ihn.

Wir haben eine schöne lange Autofahrt vor uns und können uns besser kennen lernen. Christina wird überhaupt nicht unglücklich über meinen Entschluss sein, weiter mitzufahren.

Doch bei Terri war er sich da nicht so sicher. Terri behandelte ihn noch immer kühl und begegnete ihm mit Misstrauen. Die gequälten Blicke, die sie Christina manchmal zuwarf, waren ihm nicht entgangen.

Und er erinnerte sich daran, was Terri gesagt hatte: »Wir hätten ihn nicht mitnehmen sollen.«

Nein, Terri war nicht gerade seine Freundin. Sie wirkte so nervös. Mehr als nervös – verängstigt.

James kicherte in sich hinein. Sie hat Angst vor dem Großen Bösen James.

Na gut. Vielleicht ist sie zu unsicher oder verängstigt, um Widerspruch zu wagen, wenn ich den beiden verkünde, dass ich mit nach Cleveland fahre.

Plötzlich war ihm heiß, und er fühlte sich unwohl. Es juckte ihn. Er kratzte sich am Nacken und fühlte einen Moskitostich. Wie kommen die Moskitos überhaupt ins Auto, fragte er sich verärgert.

»Da. Zweiundvierzig. Bieg in die Zufahrt ein!«, befahl er Terri.

Das zweistöckige, weiß verputzte Haus sah wie alle anderen in der Nachbarschaft aus. Aus irgendeinem Grund lag ein Rechen auf dem schrägen roten Ziegeldach. In der Mitte des kleinen Vorgartens versprühte ein Sprinkler kreisförmig Wasser. Das Kinderdreirad auf dem Gras neben der Zufahrt bekam eine ordentliche Dusche ab.

Ein grauer Toyota Corolla stand halb in und halb außerhalb der schmalen Garage rechts vom Haus. Ein roter Plastik-Drachen in Gestalt einer Fledermaus und ein großer weißer Ball lagen in der Zufahrt vor dem Auto.

»Dein Cousin hat ein Kind?«, fragte Christina und fuhr sich mit der Hand durchs Haar, um es aufzulockern.

»Ja. Einen kleinen Jungen«, sagte James und starrte zur offenen Haustür hin. »Er heißt Ethan und ist richtig cool.«

»Ich muss dringend was essen«, stöhnte Terri, stellte den Motor ab und stieß die Tür auf.

»Du hast ja letzte Nacht wenigstens ein bisschen geschlafen«, sagte Christina und zupfte weiter an ihrem Haar herum. »Ich war die ganze Nacht wach.«

»Ich auch«, sagte James, öffnete die hintere Tür und schirmte seine Augen vor dem grellen Sonnenlicht ab. »Paul lässt uns bestimmt heute Nacht hier pofen.«

»Wie heißt seine Frau?«, fragte Terri, streckte Arme und Beine und versuchte dann, ihr zerknittertes T-Shirt zu glätten.

»Paula«, entgegnete James.

»Paul und Paula?« rief Christina.

James lachte. »Ja.«

»Wie niedlich«, meinte Christina und schnitt eine Grimasse.

»Sie ist schon okay«, sagte James abwehrender als es klingen sollte.

»Es ist so heiß«, klagte Terri. »Warum pflanzt denn hier niemand ein paar Bäume? Das ist ja die reinste Wüste!«

»Die Siedlung ist neu«, sagte James und fügte spontan hinzu: »Möchtest du dich vielleicht abkühlen?«

Terri warf ihm einen argwöhnischen Blick zu. »Ja. Warum?«

»Kein Problem«, entgegnete er grinsend, packte sie an den Schultern und schob sie zum Sprinkler.

»Hey – lass mich los!«, schrie Terri wütend.

Sie versuchte, sich seinem Griff zu entwinden, aber er war zu stark.

»Hör auf, James. Lass mich *los*!«

Doch er schob weiter, bis sie beide unter dem Sprinkler standen.

Terri kreischte, als das kalte Wasser über sie rieselte.

Erst jetzt ließ James sie lachend los und hielt sein Gesicht unter die kalte Dusche.

Auf dem nassen Gras schlitternd, lief Terri zur Auffahrt zurück. Sie drehte sich um und drohte ihm mit der Faust. »Du Scheißkerl!«

»Ist dir jetzt nicht kühler?«, fragte er grinsend und ließ sein Hemd vom Wasser durchtränken.

»Was ist denn da draußen los?«, rief eine männliche Stimme.

James wandte den Blick zu der kleinen Veranda vor dem Haus. »Hi – Paul!«

Ein junger Mann ließ die Fliegengittertür hinter sich zuknallen. »James – bist du das?«

»Komm raus. Wir feiern eine Party!«, verkündete James.

»Noch immer derselbe alte James«, sagte Paul kopfschüttelnd. Dann entdeckte er Christina und Terri in der Zufahrt. »Hi. Gehört ihr zwei zu ihm?«

Die Mädchen nickten. Terri schüttelte sich Wasser aus dem Haar.

Völlig durchnässt lief James zu Paul und gab ihm die Hand. »He, du siehst großartig aus.«

»Danke, Mann. Du dagegen *fürchterlich.*«

Beide lachten.

Paul war groß und schlaksig. Er trug ein ärmelloses blaues T-Shirt über weißen Tennis-Shorts. Obwohl er erst Ende Zwanzig war, begann sein Haar bereits schütter zu werden, doch unter seiner hohen Stirn funkelten lebhafte blaue Augen. Das enge T-Shirt wölbte sich über einem kleinen Bauch.

James stellte Christina und Terri vor.

Paul nickte den beiden zu und sagte dann breit grinsend zu James: »Nicht übel. Nicht übel, Mann. Vielleicht sollte ich euch begleiten?« Er verpasste James einen Schlag vor die Brust.

Die Mädchen lachten. Doch ihr Lachen klang gezwungen. »Könnten wir vielleicht aus der Sonne gehen?«, fragte Christina. »Es ist ziemlich heiß hier draußen.«

»Ja. Natürlich«, sagte Paul. »Kommt rein.« Er deutete zur Haustür und sagte dann zu James: »Na, da wird Paula aber überrascht sein.«

Alle vier machten sich auf den Weg zum Haus. Paul blieb stehen und legte eine Hand auf James' nasse Schulter. Mit ernstem Gesicht fragte er: »Bist du sauber geblieben, Mann?«

»Na klar«, entgegnete James verlegen. Er warf den beiden Mädchen einen Blick zu. Sie beobachteten ihn und Paul.

»Nein. Wirklich«, beharrte Paul, ohne die Hand von James' Schulter zu nehmen. »Hast du wirklich keinen Mist gebaut?«

»Wirklich nicht. Ich sag's doch«, schnauzte James zurück und stieß Pauls Hand weg. »Was willst du von mir?« Er sah, wie sich die beiden Mädchen bedeutungsvolle Blicke zuwarfen.

»Ich möchte nur hören, dass du keinen Ärger mehr

hattest«, entgegnete Paul und folgte mit langen Schritten James zur Haustür.

»Du bist nicht mein Vater«, sagte James scharf, schärfer als beabsichtigt. Warum nur verlor er sofort die Beherrschung? Er wusste doch, dass es Paul nicht so meinte.

Er bringt mich vor den Mädchen in Verlegenheit, dachte James und schaute wieder zu den beiden hin. Absichtlich bringt er mich in Verlegenheit. Und deshalb werde ich wütend.

Beruhige dich, ermahnte er sich. Paul ist ein prima Typ. Er weiß nur nie, wann er die Klappe halten soll.

Paul öffnete die Fliegengittertür, und James und die Mädchen traten ins Haus. Drinnen war es nicht viel kühler. Ein Ventilator auf einem Beistelltisch neben einer niedrigen Couch blies ihnen heiße Luft ins Gesicht, als sie in das kleine Wohnzimmer gingen.

»He, Paula! Paula!« rief Paul. »Schau mal, wer da gekommen ist. Wir haben Besuch!«

Paula kam aus der Küche und trocknete sich die Hände an einem Geschirrtuch ab. Als sie James sah, blieb ihr Mund vor Überraschung offen stehen.

Sie ist so unscheinbar wie eh und je, dachte er. Paula war klein und dünn mit braunem, hoch aufgetürmtem Kraushaar. Ihr kleines Gesicht wirkte durch die übergroße pinkfarbene Plastikbrille noch kleiner.

»James – du bist ja völlig durchnässt!«, begrüsste sie ihn.

Er lächelte. »Ja. Terri und ich ... hm ... wir waren schwimmen.«

Paula schlug scherzhaft mit dem Geschirrtuch nach ihm.

Ethan kam ins Zimmer gewackelt. Er war ungefähr vier, pummelig, hatte ein rundes Gesicht und sehr blondes Haar. »Wer sind *die*?«, fragte er seine Mom und richtete eine Wasserpistole auf die Neuankömmlinge.

»Siehst du? Habe ich ihn nicht dazu erzogen, höflich zu sein?«, scherzte Paula. Sie deutete auf James. »Ethan, kannst du dich nicht an deinen Cousin James erinnern? Er war doch letztes Jahr bei uns.«

»Nein«, entgegnete Ethan und zielte noch immer mit der Plastikpistole auf James.

»Na klar, du erinnerst dich an ihn, Ethan«, sagte Paul und grinste James an.

»Nein, tu ich nicht«, beharrte Ethan und glotzte James an. »Warst du unterm Sprinkler?«

»Ja«, antwortete James.

»Dad hat es uns verboten«, erklärte Ethan.

James lachte. »Sorry. Jetzt krieg ich wohl Ärger.«

»Wann hast du den denn *nicht*?«, sagte Paula.

James setzte zu einer Antwort an, aber Paul unterbrach ihn. »Paula, geben wir diesen jungen Leuten doch erst einmal was zu essen und zu trinken. So wie sie aussehen, sind sie schon lange unterwegs.«

Der Tag verging in angenehmer Atmosphäre. James war froh, dass er bei Paul einen Zwischenstopp eingelegt hatte. Alle sind entspannt, dachte er. Christina lächelte ihn mehrere Male herzlich an.

Sie aßen früh zu Abend. Es gab Brathähnchen, Kartoffelbrei und zum Nachtisch Eiscreme.

Paula bestand darauf, dass sie über Nacht blieben. Es würde zwar etwas eng werden, aber sie kämen schon zurecht. Christina und Terri könnten auf den Feldbetten im Gästezimmer und James auf der Couch im Wohnzimmer schlafen.

Nach dem Abendessen unterhielten sich James und Paul im Esszimmer. Im Wohnzimmer plärrte der Fernseher. Ethan schaute sich Bugs Bunny-Zeichentrickfilme an und wollte, dass die anderen bei ihm saßen.

James wurde allmählich nervös und fühlte, wie sich seine Nackenmuskeln anspannten. Er bekam einen trockenen Mund, als er sich innerlich darauf vorbereitete, Paul um das Geld zu bitten, das dieser ihm schuldete.

Es war ein so schöner, erholsamer Tag gewesen und James hasste es, diese Stimmung verderben zu müssen.

Aber für die Fahrt nach Cleveland brauchte er Geld.

»He, Paul«, fing er möglichst beiläufig an und fuhr sich mit der Hand durch sein kurzes blondes Haar.

»Ich weiß, was du sagen willst«, unterbrach Paul ihn, lehnte sich über den Tisch, auf dem noch immer das schmutzige Geschirr stand, und drehte mit der rechten Hand seinen silbernen Ehering.

»Ach ja?«, entgegnete James. »Was denn?«

»Du willst mich fragen, ob ich dir eins der Mädchen abnehmen kann.«

Beide lachten.

»Ist nicht drin«, sagte James und warf einen Blick durch die Tür ins Wohnzimmer. Christina und Terri saßen – Ethan in der Mitte – auf der Couch und schauten Zeichentrickfilme an.

James räuperte sich und fing noch einmal von vorn an. »Es geht um das Geld, das du mir schuldest.«

»He, das ist doch kein Problem«, sagte Paul lächelnd und sprang auf. »Komm mit. Ich gebe es dir sofort. Fünfzig Dollar, stimmt's?«

Überrascht und erleichtert folgte James seinem Cousin durchs Wohnzimmer zu einer schmalen Ablage im Flur, auf der Pauls Autoschlüssel, seine Brieftasche und Wechselgeld lagen.

»Wow. Die ist aber prall gefüllt!« rief James aus.

Mit einem breiten Grinsen klappte Paul die Brieftasche auf und zog ein dickes Geldbündel heraus. »Pscht.« Er legte einen Finger an die Lippen.

»Woher hast du denn so viel Geld?«, flüsterte James und starrte das Geldbündel an, aus dem Paul eine Fünfzig-Dollar-Note zog und ihm gab.

»Ich habe meinem Boss einen kleinen Gefallen getan«, erklärte Paul, noch immer grinsend.

»Was für eine *Art* von Gefallen?«, wollte James wissen.

Wieder legte Paul den Finger an die Lippen. »Einen kleinen Gefallen, mehr nicht. Und dafür habe ich eine Prämie bekommen. Hast du schon mal tausend Dollar in Fünfzigern gesehen?«

Er hielt James das Bündel vor die Nase. »Nur zu. Schnuppere daran. Es ist echt. Eintausend Dollar.«

»Wow, das ist ja riesig, Paul«, flüsterte James und steckte den Fünfziger in seine Jeanstasche. »Das hat du gut gemacht.«

»Kannst du wohl sagen«, entgegnete Paul leise. Er steckte die Geldscheine in seine Brieftasche zurück und warf sie auf die Ablage.

James folgte ihm ins Wohnzimmer.

Die Zeichentrickfilme waren zu Ende. Jetzt wurden Lokalnachrichten gesendet.

»Ich will mehr Filme sehen«, verlangte Ethan. »Leg eine Kassette ein, Dad.«

»Roger Eckridge, der Mann aus Fort Lauderdale, der letzte Nacht bewusstlos am Highway 95 gefunden wurde, liegt im General Hospital noch im Koma und ringt mit dem Tod«, sagte der Reporter mit leiser, bedrückter Stimme.

»Dad, leg eine Kassette ein!«, wiederholte Ethan ungeduldig.

James sah, dass Christina und Terri wie gebannt auf den Bildschirm starrten.

»Die Polizei glaubt, dass ein Tramper Eckridge niedergeschlagen und dann dessen Wagen gestohlen hat. Eckridges Frau hat der Polizei erzählt, dass ihr achtundsechzig Jahre alter Mann geschäftlich viel unterwegs sei und gern Anhalter mitnehme, weil sie ihm Gesellschaft leisteten. Im ganzen Bundesstaat wurde die Fahndung nach dem Verdächtigen ...«

»Eine Kassette, Dad! Eine Kassette!«, stimmte Ethan einen Singsang an. »Ich will Zeichentrickfilme sehen!«

»Okay, okay!«, schrie Paul und schaltete den Fernseher aus.

James sah Christina und Terri miteinander flüstern. Dann schauten ihn die beiden verunsichert an.

»He, wie wär's mit einem kurzen Spaziergang?«, schlug James vor. »Ihr wisst schon. Frische Luft schnappen.« Er ging zur Haustür. »Möchte jemand mitkommen?«

Terri und Christina starrten ihn nur stumm an. Also machte er sich allein auf den Weg.

8

Später versuchte James, es sich auf der Wohnzimmercouch bequem zu machen. Aber da sie genau zwei Zentimeter zu kurz war, konnte er sich nicht richtig ausstrecken. Und ganz gleich, wie er sich drehte und wendete, einer der Kissenreißverschlüsse pikste ihn in den Rücken.

Er setzte sich auf, schob die Baumwolldecke, die Paula ihm gegeben hatte, beiseite und ließ den Blick durch das dunkle Zimmer schweifen. Es war so heiß.

Genauso gut könnte er versuchen, in einem heißen Wandschrank zu schlafen.

Wieder überkam ihn dieses Gefühl, ersticken zu müssen, wie nach dem Abendessen. Nur deshalb war er aus dem Haus geflohen. Deshalb hatte er frische Luft gebraucht.

Dieses Gefühl verfolgte ihn und presste ihm den Brustkorb zusammen, bis er nach Luft schnappte. Doch die Flucht aus dem Haus hatte geholfen. Der Spaziergang hatte geholfen.

Jetzt, in der Dunkelheit, lauschte er auf das Knarren und Knarzen des ihm fremden Hauses und kämpfte gegen dieses Gefühl an. Ein tiefer Atemzug. Noch einer.

»Bitte, tu mir nicht weh, James.«

Halt die Klappe, halt die Klappe, halt die KLAPPE! dachte er, stumm die Worte schreiend.

»Bitte, tu mir nicht weh.«

Er wischte sich mit einem Zipfel der Decke über die Stirn und merkte, dass er in Schweiß gebadet war. Bis auf seine Sneakers hatte er sich nicht ausgezogen. Sollte er sich rausschleichen und wieder einen Spaziergang machen? Aber ehe er einen Entschluss fassen konnte, hörte er die Treppe knarzen.

Schritte.

Er schleuderte die Decke beiseite, stand auf und holte tief Luft. Und noch einmal.

Jemand ging die Treppe hinunter. Wer auch immer das war, gehört werden wollte er nicht.

Ein Schatten bewegte sich in der Nähe der Treppe. Jemand schlüpfte ins Wohnzimmer.

»James?« Ein Flüstern. »Bist du wach?«

»Christina!« Er machte einen Schritt auf sie zu. »Hi.«

Jetzt konnte er sie im Licht, das durch das Wohnzimmerfenster fiel, gut sehen. Sie trug ein langes weißes T-

Shirt, das fast ihren Schlüpfer bedeckte. Das Haar hing ihr wirr ins Gesicht.

»Ich konnte nicht schlafen«, flüsterte sie.

Beide setzten sich auf die Couch. Sie roch nach Zitrone, bemerkte James. Er mochte diesen Duft.

Lächelnd lehnte sie sich an ihn. »Ich bin wohl völlig überdreht oder so was.«

»Vielleicht ist es ja nur die Hitze«, flüsterte er.

»Manchmal habe ich Angst in fremden Häusern«, gestand sie mit einer Kleinmädchenstimme.

James war nicht sicher, ob er ihr glauben sollte. Sie war nicht der Typ, der Angst hatte – vor gar nichts. Er legte ihr den Arm um die Schultern. Sie sträubte sich nicht.

Sie hob ihr Gesicht, und ihr Mund fand seinen.

Ihre Lippen waren heiß und trocken. Er zog sie an sich. Das erstickende Gefühl verschwand.

Sie roch so gut nach Zitrone. Ihr Atem strich warm über sein Gesicht.

Sie öffnete ihre Lippen. Der Kuss dauerte lange.

»Du bist gefährlich«, hauchte sie dann. »Du bist wirklich gefährlich – das bist du doch, James.«

»Ich fahre mit nach Cleveland, wenn das für euch okay ist«, sagte James.

Sie saßen am Esszimmertisch. Paula hatte darauf bestanden, ihnen einen großen Stapel Pfannkuchen »für die Reise« zu servieren.

Christina reagierte auf James' Ankündigung mit einem erfreuten Lächeln. Für sie war das nichts Neues. Er hatte es ihr in der Nacht davor gesagt.

Die Nacht davor. Er schloss die Augen. Noch immer fühlte er ihr warmes Gesicht an seinem, die Berührung ihrer feuchten, drängenden Lippen.

Terri reagierte überhaupt nicht. Sie warf Christina

einen wütenden Blick zu und schaute dann auf ihren Teller, auf dem sich noch immer in Sirup getränkte Pfannkuchen stapelten. »Beteiligst du dich an den Kosten fürs Benzin?«, fragte sie kalt und vermied es, ihn anzusehen.

»Ja. Na klar«, antwortete er. »Kein Problem.«

»Ich glaube, du solltest hier in Tampa bleiben«, sagte Paul zu James und wischte sich das Kinn mit einer Papierserviette ab.

»Wozu?«, fragte James und goss Orangensaft in sein Glas.

»Warum nicht?« entgegnete Paul. »Was willst du denn ausgerechnet in Cleveland?«

James zuckte mit den Schultern.

»Wir ziehen hier ein neues Hotel hoch«, sagte Paul, »am Seventeenth Street Causeway. Direkt am Wasser. Ich könnte dir einen Job besorgen. Kein Problem.«

»Einen Job auf dem Bau?«, fragte James und rührte mit der Gabel in dem Sirup auf seinem leeren Teller herum.

»Ja«, sagte Paul und warf seine Serviette auf den Tisch. »Was passt dir daran nicht? Bist du dir mittlerweile zu gut für Arbeiten auf dem Bau?«

»Nein, nein – aber trotzdem vielen Dank«, sagte James schnell und hob die Hand, als wollte er seinen Cousin abwehren. Er stand auf. Christina und Terri ebenfalls.

»Wir müssen los«, sagte James und schlug seinem Cousin spielerisch auf die Schulter. »Du warst spitze, Paul.«

»Denk drüber nach, was ich dir gesagt habe«, beharrte Paul. »Du könntest hier echt Geld verdienen, Mann.«

James winkte ab.

In der Küche verabschiedeten sich die drei von

Paula, dann trugen Christina und Terri ihre Reisetaschen zum Auto.

Inzwischen machte sich James auf die Suche nach Ethan. »Wirst du dich an mich erinnern, wenn ich euch das nächste Mal besuche?«, fragte er.

Ethan dachte darüber nach. »Vielleicht«, antwortete er ernst. »Bringst du mir nächstes Mal ein Geschenk mit?«

»Ja. Okay«, stimmte James zu. »Wirst du dich dann an mich erinnern?«

»Vielleicht.«

James rief Paul und Paula noch einen Abschiedsgruß zu, schnappte sich seine Segeltuchtasche und eilte zur Haustür hinaus.

Doch auf der Veranda blieb er stehen, denn er sah, dass sich Christina und Terri hinter dem Auto stritten. Terry gestikulierte wütend mit den Armen. Christina, halb auf dem Kofferraum sitzend, halb daran lehnend, schüttelte den Kopf.

Die streiten meinetwegen, erkannte James.

Tja, Pech für dich, Terri, dachte er und beobachtete die beiden. Ich komme mit.

Christina will, dass ich mitkomme, also verlierst du. In ihm wallte wieder Zorn auf.

Was hatte Terri eigentlich für ein Problem? Er hatte ihr doch nichts getan. Warum mochte sie ihn nicht?

Er ging die Verandatreppe hinunter und mit großen Schritten über die Zufahrt. Die Mädchen hörten auf zu streiten, als sie ihn kommen sahen. Christina öffnete den Kofferraum, und die beiden warfen ihre Reisetaschen hinein.

»Wer fährt?«, fragte Terri. Sie schaffte es nicht, die Wut in ihrer Stimme völlig zu unterdrücken.

»Ich fahre. Ich habe Lust dazu«, sagte James.

Niemand widersprach. Er sah nur, wie Terri ihrer

Freundin wieder einen wütenden Blick zuwarf, als sie auf den Rücksitz rutschte.

Vielleicht ist Terri eifersüchtig, dachte er. Ja. Das ist es! Sie regt sich über Christina und mich auf. Sie ist eifersüchtig. Dieser Gedanke entlockte ihm ein Lächeln.

Er klemmte sich hinters Lenkrad, ließ den Motor an und wollte gerade rückwärts aus der Zufahrt hinunterfahren, als er Pauls Rufe hörte. »Stopp! Brr! Halt!«

Durch die Windschutzscheibe sah James, wie Paul von der Veranda sprang und zu ihnen gelaufen kam. James kurbelte das Fenster herunter und rief: »He – was ist denn los?«

»Meine Brieftasche!«, schrie Paul wütend. »Meine Brieftasche ist verschwunden!«

9

Paul riss mit vor Wut hervorquellenden Augen und hochrotem Kopf die Autotür auf. »Meine Brieftasche«, wiederholte er. »Komm schon, Mann – wo hast du sie?«

»Also, Moment mal«, sagte James und schwang die Beine aus dem Auto. »Langsam, Paul …«

»Wo ist sie?«, wollte Paul mit vor Wut verzerrtem Gesicht wissen. »Wir reden über tausend Dollar, Mann. Hier geht's nicht um einen deiner kleinen Diebstähle im Bonbongeschäft.«

»He!« James sprang wütend aus dem Auto. »Das ist eine Ewigkeit her. Warum fängst du jetzt wieder davon an?«

»Ich lasse mich auf keine Diskussion ein«, belferte

Paul und streckte die Hand aus. Dann fügte er mit leiser, drohender Stimme hinzu: »Gib mir einfach nur meine Brieftasche zurück.«

James wollte vor der ausgestreckten Hand zurückweichen, aber Paul hatte ihn dicht gegen das Auto gedrängt. »Ich habe deine Brieftasche nicht, Mann.«

Wut überschwemmte James wie eine Welle. Er fühlte, wie sich jeder Muskel in seinem Körper anspannte.

Christina und Terri saßen wie gelähmt im Auto und starrten erschrocken durch die Fenster.

Paul hielt James die offene Hand unter die Nase. »Die Brieftasche, Mann. Gib mir einfach nur meine Brieftasche zurück.«

Diese Wut beherrschte James' Körper und pochte in seinen Schläfen. Er schrie auf und stieß Pauls Hand weg. »Nimm deine Hand von meinem Gesicht.«

Pauls Augen verengten sich. Er wich nicht zurück. »Sie lag auf der Ablage, James. Direkt neben der Tür. Erst wenn ich meine Brieftasche wiederhabe, kannst du losfahren.«

»Du verlierst doch dauernd irgendwelche Sachen, Paul«, sagte James, straffte sich und ballte die Fäuste, als würde er sich auf einen Kampf vorbereiten. »Du verlierst ständig alles. Wahrscheinlich hast du sie gestern Abend mit ins Schlafzimmer genommen.«

»Meine Brieftasche«, beharrte Paul und ignorierte James' Worte. Wieder hielt er seine offene Hand vor James' Gesicht. »Gib mir einfach meine Brieftasche zurück.«

James stieß die Hand grob beiseite. »Ich bin kein Dieb.«

»Meine Brieftasche. Ich will meine Brieftasche.«

Christina überschrie die beiden streitenden Männer. »Komm schon, James – wir müssen los!«

Paul packte James bei den Schultern.

Sofort überwältigte die Wut James. Er sah nur noch rot.

Ohne Vorwarnung schlug er zu. Seine Faust schnellte völlig überraschend vor. Paul stöhnte laut auf und verdrehte die Augen, als ihn James' Kinnhaken traf. Er wedelte mit den Armen, als wollte er davonfliegen, und brach dann in der Zufahrt zusammen.

»Paul, was geht da vor?«, hörte James Paula im Haus rufen.

»Lasst uns abhauen«, sagte James zu Christina und Terri.

Er sprang auf den Fahrersitz und legte den Rückwärtsgang ein, noch ehe er die Autotür zuknallte. Sofort trat er das Gaspedal durch, und das Auto machte einen Satz nach hinten.

Im Anfahren sah er Paula mit rudernden Armen und vor Entsetzen weit aufgerissenem Mund über den Rasen zu ihrem Mann laufen. Er hörte sie immer wieder Pauls Namen schreien. Und dann übertönte das Dröhnen des Motors ihre Stimme, als er davonraste.

Erst auf der Zufahrtstraße zum Highway, außerhalb der Siedlung, verlangsamte er das Tempo.

Niemand sprach.

James atmete schwer und hatte das Gefühl, sein Brustkorb würde explodieren.

Terri brach schließlich das bedrückende Schweigen. »Das ist nicht gut«, murmelte sie. Mit gesenktem Kopf saß sie zusammengekauert auf dem Rücksitz, als wollte sie sich verstecken. »Das ist gar nicht gut, Christina.«

»Halt die Klappe, Terri«, fauchte Christina. »Halt endlich mal die Klappe.«

»Nein, ich halte meine Klappe *nicht*!«, protestierte Terri schrill. »Das ist nicht gut. Ich sag es dir.«

»Halt endlich die Klappe, Terri. Ich mein's ernst.«

Terri stieß noch einen wütenden, verzweifelten Schrei aus, aber dann schwieg sie.

Sie fuhren an kleinen weißen Häusern vorbei. Zypressen neigten sich über die Straße. Zu ihrer Rechten stieg eine orangerote Sonne den Himmel empor. Trotz der frühen Stunde war die Luft schon heiß und stickig.

»Du hast sehr hart zugeschlagen und ihn voll getroffen«, sagte Christina leise und spielte mit einer Haarsträhne.

»Ein Zufallstreffer«, entgegnete James, ohne den Blick von der Straße zu nehmen. »Hast du ein Hinweisschild zur Route 75 gesehen?«

»Da vorne.« Christina deutete durch die Windschutzscheibe. »Wir fahren in die richtige Richtung. Schau dir nur diese Palmen an. Wie hoch sie sind.«

James verlangsamte die Fahrt vor einem Stopp-Schild.

»Warst du schon in viele Kämpfe verwickelt?«, fragte Christina.

Er zuckte mit den Schultern. »In ein paar.« Er wartete noch immer darauf, dass sein Herz aufhörte, wie wild zu pochen, sein Blut nicht mehr in seinen Schläfen klopfte und seine Hände nicht mehr zitterten.

Terri bewegte sich geräuschvoll auf dem Rücksitz. Er hörte sie etwas vor sich hin murmeln, verstand aber die Worte nicht.

»Ich bin kein Dieb«, sagte er mit stockender Stimme. »Wie konnte er mich einen Dieb nennen?«

»Er war nur sehr aufgeregt«, entgegnete Christina und legte ihm beruhigend die Hand auf die Schulter.

»Ich bin kein Dieb«, beharrte James. »Er hatte kein Recht das – das zu sagen.« Er umklammerte das Lenkrad noch fester, damit seine Hände aufhörten zu zittern. »Hat er wirklich geglaubt, ich würde ihn – meinen eigenen Cousin – bestehlen?«

Christina legte ihre Hand auf sein Knie. »Aber das mit der Brieftasche ist schon seltsam«, sagte sie sanft.

Er warf ihr einen Blick zu. »Was? Wie meinst du das?«

Sie dachte einen Augenblick nach, ehe sie antwortete. »Na ja, als ich die Brieftasche das letzte Mal sah, lag sie direkt an der Haustür. Auf dieser Ablage, zusammen mit den Schlüsseln und anderem Zeug.«

»Also?«, fragte James abwehrend.

»Also nichts«, entgegnete sie knapp. »Ich habe nur gesagt, dass es mir seltsam vorkommt. Mehr nicht.« Er sah, dass sie ihn vorwurfsvoll anschaute, so als würde sie auf ein Geständnis warten.

Wütend starrte er geradeaus und merkte plötzlich, dass er so fest mit den Zähnen knirschte, dass ihm der Kiefer weh tat. An der Auffahrt zum Highway gab er Vollgas, und der Wagen schoss vorwärts. »Hör auf mich anzustarren«, schnauzte er sie an.

»Okay. Schon gut.« Sie wandte sich von ihm ab und schaute zum Fenster hinaus. »Ich hab doch gar nichts gesagt. Kein Grund, mir den Kopf abzureißen.«

»He, fängt jetzt endlich der Spaß an?«, fragte Terri ironisch vom Rücksitz.

»Halt die Klappe, Terry«, knurrte Christina. »Ich warne dich ...«

Auf dem Highway lenkte James das Auto auf die mittlere Spur. Der Tacho zeigte auf hundertzwanzig.

Christina starrte weiter zum Seitenfenster hinaus.

James schaltete das Radio ein. Zu laute Musik dröhnte aus den Lautsprechern und erschreckte alle drei. Er drehte den Ton leiser, drückte Tasten und wechselte schnell von Sender zu Sender.

»Schau auf die Straße!«, warnte Terri schrill. »Du bringst uns noch alle um.«

Er ignorierte sie und drückte weiter auf den Tasten

herum. Bei einem Guns 'n' Roses-Song stoppte er endlich.

»Igitt. Axl Rose«, murmelte Terri angeekelt.

Der Song endete, und es folgte ein langer Metallica-Mitschnitt. »Mir gefällt dieser Sender«, meinte James.

»Ich wusste doch, dass du ein Metal-Trottel bist«, sagte Terri gehässig.

»Und ich schätze, du fährst noch immer auf New Kids on the Block ab, stimmt's?«, gab er sarkastisch zurück.

Sie antwortete nicht.

Eine Weile fuhren sie so dahin. Die jaulenden Gitarren der Heavy Metal-Music übertönten alle anderen Geräusche. Niemand sprach.

Kurz vor Mittag wurden Nachrichten gesendet. James streckte die Hand aus, um den Sender zu wechseln, doch Christina stieß seine Hand weg.

Eine Frau mit samtiger Stimme verlas den Wetterbericht und dann die Nachrichten: »Roger Eckridge, der ältere Mann aus Fort Lauderdale, der vermutlich von einem Tramper niedergeschlagen und beraubt wurde, ist heute Morgen im Fort Lauderdale General an seinen schweren Verletzungen gestorben. Die Polizei verstärkt ihre Bemühungen ...«

James schaltete das Radio aus.

»Warum spielen sie nicht einfach nur Musik?«, murrte er. »Wäre ich an Nachrichten interessiert, würde ich mir eine Zeitung kaufen.«

Zu seiner Überraschung starrte Christina ihn daraufhin wütend, aber auch nachdenklich an. Sie zupfte nervös an ihrem Haar und drehte eine ihrer Korkenzieher-Locken um den Finger.

»He, mach doch mal ein freundliches Gesicht, okay?«, sagte James. »Warum starrst du mich denn dauernd so an?«

»Fahr rechts ran«, sagte Terri laut vom Rücksitz. Ihre Stimme hatte einen ängstlichen Unterton.

»Was?«, schrie James.

»Fahr rechts ran!«, befahl Terri eisern. »Sofort. Christina und ich müssen miteinander reden.«

10

»Wo liegt das Problem?«, fragte James und schwenkte auf die rechte Fahrbahn.

»Das geht nur Christina und mich etwas an«, entgegnete Terri kalt.

James warf Christina einen fragenden Blick zu, die mit beunruhigter Miene zurückstarrte. »Fahr einfach rechts ran«, sagte sie.

James drosselte gehorsam das Tempo und ließ das Auto auf dem Randstreifen ausrollen. Sofort stiegen beide Mädchen aus. Ein Schwall heißer feuchter Luft schwappte ins Auto, ehe sie die Türen zuknallten.

Den Kopf an die lederne Nackenstütze gelehnt, beobachtete James, wie sie sich entfernten. Autos rasten vorbei. Ein Öl-Truck rumpelte hinterher.

Nach ein paar Metern blieben die beiden voreinander stehen. In die Sonne blinzelnd, sah James sie streiten. Terri wirkte sehr verängstigt, sehr aufgeregt. Christina schien wütend zu sein.

Terri wurde rot, während sie schreiend und mit den Händen gestikulierend vor Christina am Rand des Highways auf und ab marschierte. Christina hatte die Hände in die Hüften gestemmt und schüttelte ständig den Kopf. Meistens redete Terri.

Girls, Girls, dachte James, ihr solltet euch wirklich nicht um mich streiten.

Echt. Es ist doch genug für beide da.

Er kicherte in sich hinein, verstummte jedoch, als er sah, dass Terri weinte.

Worüber regt sich die Kuh denn so auf? überlegte er, legte die Arme aufs Lenkrad und starrte durch die Windschutzscheibe. Warum wirkt sie so verängstigt?

Christina wollte Terri trösten, doch die wich zurück, und der Streit fing von vorne an. Beide Mädchen schauten immer wieder zu James hin.

Sie reden tatsächlich über mich, dachte er. Vermutlich hat Terri aus irgendeinem Grund Angst vor mir. Und Christina sagt ihr, sie soll die ganze Sache easy angehen und mir eine Chance geben.

Er überlegte, ob er aussteigen und den Streit beenden sollte, streckte die Hand nach dem Türgriff aus, beschloss dann aber, noch etwas zu warten.

Plötzlich merkte er, dass seine Hand wehtat. Er hielt sie hoch und sah, dass die Haut über den Knöcheln geplatzt und blutverkrustet war. Ich habe Paul wohl ziemlich hart geschlagen, dachte er und massierte sanft seine Hand. So hart, dass die Haut aufgeplatzt ist.

Es tut mir Leid, dachte er. Schade, dass der Besuch so schlimm enden musste. Wie so viele andere Besuche. Dieses Mal hatte er gehofft, dass alles harmonisch ausgehen würde. Schön wär's gewesen.

Schade. Wie schade, sagte er sich noch einmal.

Aber wenigstens ist dabei ein bisschen Taschengeld für mich rausgesprungen.

Er rieb sich die Augen. Sie waren trocken und brannten. Wahrscheinlich vom ständigen Starren in die grelle Sonne.

Vielleicht sollte ich einfach aussteigen und weggehen. Ich mache diesen ganzen Ärger. Löse alle diese Diskussionen aus. Wer braucht das schon?

»Bitte, tu mir nicht weh, James. Bitte.«

Ja. Die Streitereien und Diskussionen, die er und Melissa gehabt hatten, wären ausreichend für ein ganzes Leben gewesen. Genügend Zoff, um ihn in die Flucht zu schlagen.

»Bitte, tu mir nicht weh.« Jedesmal, wenn er die Augen schloss, hörte er Melissas mitleiderregendes Flehen, sah ihre dunklen Augen voller Tränen.

Ich habe diese Streitereien satt, dachte er und beobachtete Christina und Terri durch die Windschutzscheibe des Honda.

Ich winke ihnen zum Abschied zu, bin sie endlich los und trampe allein weiter. Irgendwohin.

Aber dann hatte er eine bessere Idee. Warum sollte er trampen? Er hatte doch ein Auto.

Der Schlüssel steckte. Der Motor lief. Er saß hinter dem Lenkrad. Er brauchte einfach nur loszufahren.

Bei diesem Gedanke musste er laut lachen. Zum Schreien komisch!

Er *musste* es tun. Einfach nur, um ihre blöden Gesichter zu sehen, wenn er davonraste.

Irre!, dachte er. Echt irre!

Er spähte wieder durch die Windschutzscheibe. Jetzt redete Christina, die Hände noch immer in die Hüften gestemmt, ihr blondes Haar glänzte in der Mittagssonne. Terri stand mit hängenden Armen, geballten Fäusten und gesenktem Kopf da und kickte ins hohe Gras.

In sich hineinglucksend, griff James nach dem Schalthebel und schob ihn auf »Drive«. Nach einem Blick in den Rückspiegel gab er Gas.

Er drehte sich um und sah noch ihre entsetzt aufgerissenen Münder, als er losfuhr.

11

»James!«, schrie Christina.

»Was macht der denn?«, rief Terri. »Haut der wirklich ab?«

Das Auto rollte am Randstreifen entlang an ihnen vorbei.

»He – James!«

Beide Mädchen liefen schreiend und mit den Armen fuchtelnd hinterher.

»Das kann er doch nicht tun!«, schrie Terri. »Das kann doch nicht sein!«

Das Auto hielt ungefähr hundert Meter weiter an. Die Mädchen liefen hin und riefen verzweifelt James' Namen.

Nach Atem ringend rissen sie die Autotüren auf und beugten sich in den Wagen.

James brüllte vor Lachen, warf den Kopf zurück und hämmerte mit beiden Händen aufs Lenkrad. Er genoss seinen kleinen Scherz.

»Ich finde das gar nicht komisch«, keuchte Christina.

»Ihr hättet eure Gesichter sehen sollen!«, schrie James zwischen Lachkrämpfen.

»Warum hast du das getan?«, wollte Terri wütend wissen und rieb sich die vom schnellen Laufen schmerzende Seite.

»Ich wollte nur eure Aufmerksamkeit erregen«, antwortete James.

»Das ist dir gelungen«, entgegnete Christina atemlos. »Tu das nie wieder, okay?«

»Habe ich euch Angst gemacht?«, fragte James, sehr mit sich zufrieden.

Ohne zu antworten, rutschte Christina auf den Beifahrersitz. »Wir müssen weiter«, sagte sie nervös und warf einen Blick auf die vorbeifahrenden Autos auf dem Highway. »Wo sind wir überhaupt?«

»Gerade sind wir an Gainesville vorbeigekommen, erinnerst du dich?«, sagte James.

»Sind wir etwa immer noch in Florida?«

»Ja. Ob du es glaubst oder nicht«, entgegnete James. »Wir könnten es bis Georgia schaffen, wenn ihr beiden...«

»Ich möchte fahren«, warf Terri ein, eilte auf die andere Seite des Autos und öffnete die Fahrertür.

Grinsend schaute er zu ihr hoch. »Was hast du denn? Traust du mir nicht mehr?«

Ich habe dir *nie* getraut, dachte Terri. Ich habe dir nie getraut und wollte dich nie mitnehmen. Wieder eine von Christinas wundervollen Ideen, überlegte sie bitter. Nur eine von Christinas vielen wundervollen Ideen. Ich wünschte, wir hätten deinetwegen nicht gehalten. Ich wünschte, wir hätten dich nie getroffen. Ich wünschte...

»Okay. Mach Platz, damit ich aussteigen kann«, unterbrach James ihre trüben Gedanken.

Vielleicht bin ich ihm gegenüber unfair, dachte Terri, trat zurück und ließ James aussteigen.

Christina behauptet, ich sei unfair. Aber wozu brauchen wir ihn?

Terri war so glücklich gewesen, weil James nur bis Tampa hatte mitfahren wollen. Doch jetzt saß er im Auto, klebte bis Cleveland an ihnen. Und dann?

Würden sie ihn da endlich loswerden? Oder würde er ihnen bis nach Hause folgen? Sich in einem ihrer Elternhäuser einnisten? Nie wieder verschwinden?

Ich muss aufhören, mir solche verrückten Gedanken zu machen, ermahnte sich Terri.

Aber wie nur? Alles ist so... verrückt.

Wenn mir James nur nicht so unheimlich wäre. Wenn

wir ihm nur trauen könnten. Aber alles an ihm ist so beängstigend. Seine Größe. Sein Verhalten. Seine fürchterlichen Wutanfälle. Und was war das für eine Geschichte in den Nachrichten über den alten Mann...

»Terri, steigst du endlich ein oder was?«, rief Christina ungeduldig.

»Sorry«, entgegnete Terri leise. Ihr schwirrte der Kopf. Sie warf James, der gerade hinten die Tür öffnen wollte, einen Blick zu, und das äußerst seltsame Lächeln, mit dem er sie anstarrte, jagte ihr einen eiskalten Schauder über den Rükken.

Anstatt jedoch einzusteigen, klopfte er an Christinas Fenster. »Setz dich doch zu mir nach hinten!«, rief er.

»Was? Was hast du gesagt?« Christina kurbelte ihr Fenster herunter.

»Komm zu mir nach hinten. Wir tun so, als säßen wir in einer großen Limousine, und Terri wäre unsere Chauffeuse.«

»Tausend Dank«, meinte Terri trocken und verdrehte die Augen.

»Na, komm schon«, drängte James, öffnete Christinas Tür, zerrte an ihrem Arm und schenkte ihr ein einladendes Lächeln.

Ich kann's nicht fassen, dachte Terri empört. Die wollen's da hinten treiben, während ich fahre. Christina benimmt sich unmöglich! Wie kann sie mir das nur antun? schimpfte sie stumm und ein wenig eifersüchtig weiter.

Und dann: Bleib cool!

Mit einem lauten Seufzer rutschte sie hinters Lenkrad und knallte die Autotür zu.

Christina stieg hinten ein, und James zog sie sofort auf seinen Schoß. Sie quietschte: »Lass mich los!«

James hob lachend die Arme, und sie rutschte auf den Sitz.

»Wie soll das bloß enden?«, stöhnte Terri.

»Fahr einfach los«, befahl Christina kichernd, weil James sie kitzelte.

»Ihr zwei seid unmöglich«, klagte Terri und lenkte das Auto auf den Highway.

»Schließ dich uns doch an«, sagte James grinsend.

»Du bist ekelhaft«, entgegnete Terri schnell.

»Ja. Sei bloß nicht ekelhaft«, neckte ihn Christina.

Terri schaltete das Radio ein und drehte es auf volle Lautstärke, damit sie die Geräusche der beiden nicht hören musste. Auf der mittleren Spur fuhr sie konstant neunzig.

Dabei versuchte sie, einen klaren Kopf zu bekommen. Die Musik zerstreute sie, so dass sie alles verdrängen konnte, woran sie nicht denken wollte. Sich völlig auf die Musik konzentrierend, schwebte sie dahin, als würde die Musik das Auto lenken, sie vorwärts tragen, sie wegtragen, weg von Florida, weg von Christina, weg von James, dem Tramper.

Dem Tramper. Dem Tramper.

Das Wort tanzte durch ihren Kopf, wiederholte sich ständig, bis es keine Bedeutung mehr hatte.

Von Zeit zu Zeit warf sie einen Blick in den Rückspiegel und beobachtete Christina und James, die, sich leidenschaftlich küssend, einander umschlungen hielten.

Dann starrte sie schnell wieder auf den Highway und ließ sich von der Musik davontragen.

»Hoffentlich habt ihr zwei es nett und gemütlich da hinten!«, rief Terri schließlich ironisch über die Schulter.

Christina murmelte eine Antwort, die von der Musik übertönt wurde.

Das macht Christina nicht das erste Mal, dachte Terri. Es ist nicht das erste Mal, dass Christina einen

Kerl aufgerissen hat und ich nicht. Aber warum tut sie das jetzt? Und warum mit diesem unheimlichen Typen, über den wir absolut nichts wissen?

Ein Tramper. Tramper. Tramper.

Er ist zu gefährlich, dachte Terri. Könnte ich Christina nur davon überzeugen. Und wieder musste sie an die Nachrichten denken. An den alten Mann, der gestorben war.

Tramper. Tramper. Tramper.

Sie hatte versucht, vernünftig mit Christina zu reden. Und als das nicht funktionierte, hatte sie es mit Tränen versucht.

Was sollte sie tun?

Was *konnte* sie tun?

Und jetzt trieben es die beiden auf dem Rücksitz, während sie das Pärchen fahren durfte.

Mach dich nicht verrückt, Terri. Verlier dich in der Musik. Lass dich von der Musik davontragen, so wie es schon oft geklappt hat, wenn du total gestresst warst.

Die Melodie eines alten Rolling Stones-Titels durchflutete Terri, ein Song, den ihre Eltern immer wieder gern spielten...

»Hitchhike... hitchhike, baby. Hitchhike...«

Hinter der Grenze zu Georgia hielten sie kurz an einem Imbiss-Stand und aßen Chili-Hotdogs. Dann fuhr Terri den ganzen Nachmittag durch, nur mit einer fünfminütigen Pause, um sich die Beine zu vertreten.

Die Sonne versank langsam hinter einer endlosen Reihe Kiefern zu ihrer Rechten, und es wurde dämmrig. Der Himmel war so rosa wie Bubble Gum, und nur wenig heller als die Tonerde des Randstreifens entlang der Straße.

Der Highway war jetzt nur noch zweispurig, aber kaum befahren, hauptsächlich von großen Trucks, die mit Höchstgeschwindigkeit dahindonnerten.

»He – hat denn niemand in diesem Laden Hunger!«, rief Christina vom Rücksitz.

»Gibt's hier denn keinen Ort, wo wir halten können?«, fragte James heiser, weil er geschlafen hatte.

»Wir brauchen eine Straßenkarte«, sagte Christina und schüttelte James. »Wach auf, du Penner.«

»Halten wir irgendwo?«, fragte James schläfrig. »Ich bin am Verhungern. Wo sind wir überhaupt?«

»He, Terri, was ist mit dir los?«, fragte Christina, plötzlich besorgt. »Du sagst ja gar nichts.«

»Hm, Leute ...«, entgegnete Terri widerstrebend, den Blick auf den Rückspiegel gerichtet. »Ich habe schlechte Neuigkeiten. Ich glaube, wir werden verfolgt.«

12

»Was?«, schrien Christina und James gleichzeitig.

Terri gab Gas und überholte einen mit weißem Sand beladenen Pick-up.

»Woher weißt du das?«, fragte Christina mit vor Angst zittriger Stimme, drehte sich um und schaute zur Heckscheibe hinaus.

»Dieses blaue Auto fährt seit Gainesville hinter uns her«, sagte Terri und trat fester aufs Gaspedal. Der Honda machte einen Satz und schoss davon. Der Tacho zeigte einhundertdreißig.

»Ich sehe kein blaues Auto«, sagte James. Auch er hatte sich umgedreht und schaute nach hinten.

»Passt mal auf«, sagte Terri ganz ruhig, obwohl ihre Brust vor Angst wie zugeschnürt war.

Ein paar Sekunden später überholte ein blauer Taurus den Pick-up und reihte sich ein paar Autolängen hinter ihnen wieder in die Spur ein.

»Meinst du diesen blauen Taurus?«, fragte Christina.

»Ja, das ist er«, sagte Terri und beobachtete den Wagen im Rückspiegel.

Die Sonne hinter den Bäumen stand jetzt tiefer und warf lange schwarze Schatten auf den Highway.

»Wie kommst du darauf, dass er uns folgt?«, fragte Christina schrill.

»Ja«, fügte James hinzu, »vielleicht fährt er einfach nur nach Norden, so wie wir.«

»Das glaube ich nicht«, sagte Terri. »Ich beobachte diesen Wagen schon lange. Er bleibt immer auf der Spur, auf der ich fahre, und hält einen ziemlich großen Abstand, aber nicht groß genug. Ein paarmal bin ich langsamer gefahren, um ihm Gelegenheit zum Überholen zu geben. Aber er hat sich immer meiner Geschwindigkeit angepasst und ist hinter mir geblieben.«

Christina und James ließen den blauen Taurus nicht aus den Augen. »Den Fahrer kann ich nur undeutlich sehen«, sagte Christina. »Es ist schon zu dunkel.«

»Ich weiß nur, dass es ein Mann ist«, berichtete Terri. »Er ist mir nie so nahe gekommen, dass ich sein Gesicht erkennen konnte.«

Sie nahm den Fuß vom Gas und drosselte das Tempo auf achtzig. Mehrere Autolängen hinter ihnen verringerte der blaue Wagen ebenfalls seine Geschwindigkeit und folgte im selben Abstand.

»Seht ihr jetzt, was ich meine?«, fragte Terri und klang plötzlich sehr verängstigt. »He, ihr zwei – dreht euch um, sonst merkt er, dass wir wissen, dass er uns folgt.«

»Warum sollte uns denn jemand folgen?«, fragte Christina und rutschte tiefer in den Sitz.

»Ich glaube noch immer nicht...«, wandte James ein.

»Ach, jetzt weiß ich's!«, unterbrach Christina ihn. »Das kann nur Paul sein.«

»Was?«, rief James empört.

»Ich wette, dein Cousin Paul ist hinter uns her, weil er sein Geld wiederhaben will.«

»He!«, sagte James wütend. »Warum hältst du mich für einen Dieb? Sagte ich dir nicht...«

»Da ist eine Ausfahrt«, unterbrach Terri die beiden. »Die nehme ich. Haltet euch fest.«

Sie riss das Lenkrad so abrupt herum, dass der Wagen schleuderte. Mit quietschenden Reifen bog sie in die Ausfahrt ab, schlitterte auf dem schmalen Randstreifen aus Kies durch die enge Kurve und schoss auf eine schmale, nicht befestigte Straße.

»Pass auf!«

Ein langsam fahrender Traktor tauchte plötzlich vor ihnen auf und überquerte die Fahrbahn. Der Fahrer schaute weder nach rechts noch links.

Sofort riss Terri das Lenkrad herum. Der Honda rutschte mit aufheulendem Motor von der Straße und holperte durch Gras und über Steine, während die Äste eines Baums quietschend die Karosserie schrammten.

Dem Traktor hatte Terri mit knapper Not ausweichen können. Sie lenkte den Wagen zur Straße zurück. Ein harter Aufprall, und sie krachte mit dem Kopf gegen das Dach. Mit dem Fuß auf der Bremse riss sie das Lenkrad wieder herum, gab Gas, und der Honda landete mit einem Ruck auf der Straße. Die Reifen drehten quietschend durch, griffen dann, und der Wagen schoss wie eine Kanonenkugel vorwärts.

»Ich kann's nicht fassen!«, keuchte Christina und zerrte mit beiden Händen an ihrem Haar.

Terri sah im Rückspiegel, dass sich James an sie klammerte. In dem flackernden Licht sah er blass und mitgenommen aus.

»Haben wir den blauen Taurus wenigstens abgehängt?«, fragte er.

Terri warf einen Blick in den Rückspiegel. »Ja, er ist verschwunden«, sagte sie mit einem Seufzer der Erleichterung. Als sie jedoch kurz darauf noch einmal in den Rückspiegel schaute, verdüsterte sich ihr Gesicht. »Nein! Da kommt er. Er ist noch immer da.«

»Wir müssen ihn abhängen!«, schrie Christina. »Nimm diese Seitenstraße!«

Terri schlug gehorsam das Lenkrad scharf ein, und der Honda schlitterte auf eine andere schmale Landstraße. Ein paar Sekunden später hörten sie den Taurus ebenfalls mit quietschenden Reifen abbiegen.

»Er fährt schneller«, berichtete Terri und schluckte krampfhaft. »Ich glaube, er versucht uns einzuholen.«

Der Honda holperte über die Landstraße. Christina und James klammerten sich aneinander, während Terri das Gaspedal durchtrat. Mit aufheulendem Motor schoss der Honda vorwärts.

»Er holt trotzdem auf!«, schrie Terri mit angsterfüllter Stimme.

»Wer ist das bloß?«, keuchte Christina. »Was will der nur von uns?«

Der Honda krachte in ein Schlagloch. Terri trat auf die Bremse. Zu spät. Alle drei schrien auf, als sie mit den Köpfen gegen das Dach prallten.

Die Straße machte eine Biegung nach rechts, und Terri hatte Mühe, der Kurve zu folgen. Im Rückspiegel sah sie den Taurus heranrasen.

»He – da ist ja wieder der Highway!« schrie sie überrascht.

»Wir sind wohl im Kreis gefahren«, sagte James leise.

Terri lenkte das Auto auf den Highway und schwenkte in die mittlere Spur ein.

»Auf dem Highway können wir ihn nicht abhängen«, sagte Christina. »Er wird uns einfach folgen.«

»Pass auf, ob irgendwo eine Stadt in der Nähe ist«, riet James. »In einer Stadt sind wir sicherer.«

»Wäre nur mehr Verkehr«, klagte Terri. »Dann könnten wir ihn austricksen...«

»Oh!«

Keiner hatte bemerkt, dass der Taurus näher gekommen war und jetzt auf der linken Spur neben ihnen fuhr. Dann schwenkte er nach rechts und rammte den Honda brutal.

»He!«

Wieder rumste der Taurus gegen den Honda, wie bei einem Autoskooter-Rennen auf einem Volksfest.

»Er will uns von der Straße drängen!«, rief James.

»Er will uns *umbringen*!«, schrie Christina.

Noch ein harter Rums. Metall an Metall bei neunzig Stundenkilometern.

Was soll ich tun? dachte Terri und fühlte Panik in sich aufsteigen. Was soll ich nur tun? Ich muss klar denken. Mir muss etwas einfallen...

Aber Angst lähmte ihr Denkvermögen – totale Mattscheibe.

Wieder krachte der Taurus in ihre Seite. Härter dieses Mal. Noch brutaler.

»Der ist ja *verrückt*!«, schrie Terri, unterdrückte ihre Panik und trat voll auf die Bremse.

Der Honda schlitterte mit quietschenden Reifen auf die rechte Spur – und dann auf den Randstreifen.

»Terri – *nein*!«

Sie hörte Christinas schrilles Schreien vom Rücksitz.

Und dann das Knirschen von Metall und Glas.

Terri wurde nach vorn geschleudert. Sie fühlte, wie der Sicherheitsgurt in ihre Taille schnitt und sie festhielt. Dann prallte sie wieder zurück. Ihr Kopf fing an zu pochen. Das Auto steht, Gott sei Dank, dachte sie bei sich.

Lebe ich noch? Die Frage schwebte an ihr vorüber.

Sie schien in Schatten zu schwimmen. Alles bewegte sich und war doch reglos. Das Auto trieb in einem dunklen Gewässer dahin. Oder bildete sie sich das nur ein?

Eine Hand berührte ihre Schulter. »Bist du okay, Terri?«, fragte Christina.

Die Schatten lösten sich auf.

»Wir sind gegen einen Baum geprallt.« James' Stimme klang schrill und zitternd.

Als sie diese Worte hörte, wurde ihr Kopf klarer.

»Wir sind gegen einen Baum geprallt.«

Terri blinzelte. Einmal. Zweimal. Sie bewegte ihren Kopf und tastete prüfend über ihren Nacken. »Ich... ich bin okay«, stammelte sie unsicher.

Dann spähte sie durch die Windschutzscheibe. Das Auto stand in einem flachen Winkel schräg nach oben. Der rechte Scheinwerfer strahlte durch die Dunkelheit und beleuchtete Nadelbäume. Der linke Scheinwerfer war wohl kaputt.

»Wir sind okay«, sagte Christina mit seltsam gedämpfter Stimme. »Wir sind alle okay.«

»Schau.« Terri deutete zur Straße.

Der blaue Taurus hatte etwa fünfzig Meter vor ihnen gehalten. Jetzt kam er langsam rückwärts auf sie zugefahren.

»Wir müssen weiter! Er kommt! Wir müssen abhauen!«, drängte Christina und drückte Terris Schulter.

»Ich... ich weiß nicht, ob das geht«, entgegnete

Terri. Ihre Stimme war nur noch ein verängstigtes Flüstern.

Sie schaltete in den Rückwärtsgang und trat aufs Gaspedal.

Nichts.

Sie hatte gar nicht gemerkt, dass der Motor durch den Crash abgewürgt worden war.

Kurze Panik.

Dann tastete sie nach dem Zündschlüssel. Drehte ihn um.

Der Anlasser heulte auf, sprang aber nicht an.

»Versuch's noch mal. Schnell!«, schrie Christina.

Der blaue Taurus war nur noch ein paar Meter von ihnen entfernt.

Terri drehte hektisch wieder den Zündschlüssel und trat mehrmals aufs Gaspedal. Der Motor protestierte mit knirschendem Jaulen.

»Ich glaube, du hast ihn absaufen lassen«, sagte James.

Der blaue Taurus stoppte am Rand des Highways. Die Fahrertür wurde geöffnet. Im Schein der Innenbeleuchtung sahen sie einen dunkel gekleideten Mann aussteigen.

»Wir sitzen in der Falle«, sagte Terri leise. »Jetzt hat er uns.«

13

»Wer ist das?«, flüsterte Christina. »Ich kann sein Gesicht nicht sehen.«

James packte den Türgriff und stieß die Autotür

auf. »Kommt, wir hauen ab – in den Wald.« Er packte Christinas Hand und zerrte daran.

Christina zögerte, den Blick noch immer auf die dunkle Gestalt gerichtet.

»Wir sitzen in der Falle«, wiederholte Terri, umklammerte mit beiden Händen das Lenkrad und machte keine Anstalten, aus dem Honda zu fliehen.

»Kommt endlich! Beeilt euch!«, drängte James verzweifelt und stieg aus.

Terri streckte die Hand nach dem Türgriff aus, zog aber nicht daran.

»Terri?«, rief Christina. »Glaubst du ...«

Sie verstummte, als blinkende Lichter auf dem Highway auftauchten.

Die Lichter schienen tief über dem Boden zu schweben und blinkten gleichmäßig wie Sterne.

Noch immer saß Terri wie angewurzelt auf dem Fahrersitz und starrte die blinkenden Lichter an, die auf dem Highway zu ihr zu schweben schienen.

»He – das ist ein Abschleppwagen!«, rief James aufgeregt und zappelte vor dem Honda herum. »He!« Mit beiden Armen über dem Kopf winkend, gab er dem Fahrer Zeichen.

Die blinkenden Lichter strahlten heller, und Terri kniff die Augen zusammen, als die Räder über den Kies des Randstreifens knirschten und auf den erdigen Boden daneben rollten.

»Seid ihr okay?«, rief ein Mann aus dem Führerhaus. Der Fahrer streckte den Kopf aus dem Fenster. In seinem Mund steckte eine Zigarre und auf dem Kopf hatte er eine rote Baseball-Kappe. »He, Kids, seid ihr okay?«

»Ja. Wir sind nicht verletzt.« Die Hände in den Jeanstaschen ging James um das Heck des Honda zum Abschleppwagen.

»Ein Scheinwerfer ist kaputt«, sagte der Fahrer, stieß die Tür auf und sprang vom Trittbrett.

Terri sah, dass er groß und hager war und dunkles, strähniges, schulterlanges Haar hatte. Er warf die Zigarre weg, ging zur Fahrertür und fragte Terri: »Wie ist denn das passiert?«

»Wir sind verfolgt und gerammt worden«, platzte Terri heraus. »Von diesem Auto, da...« Sie deutete zum Rand des Highways.

Aber der Mann und sein blauer Taurus waren verschwunden.

Der Fahrer des Abschleppwagens schaute in die Richtung, in die Terri deutete. »Was?«

»Er ist wohl weggefahren«, erklärte James.

»Ich glaub's nicht«, murmelte Christina vom Rücksitz her.

Terri stieß einen lauten Seufzer der Erleichterung aus, obwohl ihr der Schreck noch in den Knochen saß.

Der Fahrer kniff argwöhnisch die Augen zusammen. »Habt ihr Kids was genommen? Oder seid ihr betrunken?«

»Nein«, entgegnete James scharf und ärgerte sich sofort über den Argwohn des Mannes. »Wir hatten nur einen Unfall. Sonst nichts.«

»Sieht gar nicht so schlimm aus«, sagte der Mann, nahm seine Kappe ab, kratzte sich das fettige Haar und setzte sie wieder auf. »Springt der Motor an?«

»Nein«, entgegnete Terri.

»Lass mich mal versuchen, okay?« Er öffnete die Fahrertür und half Terri beim Aussteigen. Sie war etwas wackelig auf den Beinen und hatte Mühe, das Gleichgewicht zu halten, fing sich aber schnell wieder. Ihr Blick schweifte zum Highway hinüber, zu der Stelle, wo der blaue Taurus gestanden hatte. Kein Auto zu sehen. Verschwunden. Ihr Verfolger war wohl davongefahren, als er die blinkenden Lichter des Abschleppwagens gesehen hatte.

Wer auch immer der Verfolger gewesen war ... Terri atmete tief die kühle Luft ein und fühlte sich allmählich besser.

Christina stieg ebenfalls aus und stellte sich neben die beiden. Die drei beobachteten den Fahrer, der sich hinters Lenkrad klemmte und Mühe hatte, seine langen Beine zu verstauen.

Er drehte den Zündschlüssel, sofort sprang der Motor an. Dann fuhr er langsam rückwärts, vom Baumstamm weg. Jetzt konnte Terri sehen, dass kein schlimmer Schaden entstanden war. Der linke Scheinwerfer war zersplittert, die Stoßstange eingebeult, blockierte das Rad aber nicht.

»Diese Autos haben stabile Stoßstangen. Ihr braucht nicht mal einen Abschleppwagen.« Der Mann stieg aus. »Ihr Kids habt mächtig Glück gehabt.«

»Ja. Glück«, murmelte Christina und warf Terri einen finsteren Blick zu.

»Den Scheinwerfer solltet ihr reparieren lassen. Die Werkstatt in der Stadt könnte noch geöffnet haben.«

»Stadt? Wo ist die Stadt?«, fragte Terri eifrig.

Der Fahrer streckte die Hand aus. »Die nächste Ausfahrt rechts.« Er berührte leicht den Schild seiner Kappe, sagte: »Fahrt vorsichtig«, und ging mit langen Schritten zu seinem Abschleppwagen zurück.

Das Motelzimmer war nur spärlich möbliert, aber sauber. James warf seine Segeltuchtasche auf den Sessel in der Ecke und ließ sich rückwärts aufs Bett plumpsen.

Sleepy's. So hieß der langgezogenene zweistöckige Bau am anderen Ende der kleinen Stadt.

Die Werkstatt hatte schon geschlossen. Und James und die Mädchen waren zu müde für die Weiterfahrt. Außerdem hatte Terri Angst, wegen des kaputten Scheinwerfers von der Polizei angehalten zu werden.

Also hatten sie für die Nacht im *Sleepy's* Zimmer genommen und den Honda hinter dem Motel geparkt, damit er von der Straße aus nicht zu sehen war – ihn vor dem Mann im blauen Taurus versteckt, falls der noch immer nach ihnen suchen sollte.

James starrte auf die flackernden Schatten an der niedrigen Decke. Das Zimmer roch nach Desinfektionsmitteln. Die Klimaanlage unter dem Fenster ratterte.

Er schloss die Augen und hörte Stimmen im Nebenzimmer. Christinas Stimme. Terris Stimme. Schrill und wütend. Sie stritten wieder einmal.

Worum geht's wohl dieses Mal?, fragte er sich, und horchte angestrengt.

Die Wand dämpfte ihre Worte zu unverständlichem Gezänk. Hatten wir für heute nicht genug Aufregung? Worüber stritten die beiden bloß?

Er dachte über Christina nach. Sie ist ein echt scharfes Girl, sagte er sich. Vollgeil. Wir sollten nach Key West zurückfahren und wirklich coole Partys feiern!

Bei dem Gedanken an Key West tauchte Melissa wieder vor seinem geistigen Auge auf. Er sah sie – ihr gerötetes, verschwollenes Gesicht, ihr kupferrotes, wirres, feuchtes Haar, die Tränenspuren auf ihren blassen Wangen. Und zum tausendsten Mal sah er ihre kleinen geballten Fäuste und hörte ihr verzweifeltes Flehen, ihr nicht wehzutun.

Mit einem gequälten Seufzer rollte er sich auf die Seite und vergrub das Gesicht in der Tagesdecke. Die wollene Decke kratzte auf der Haut. Er hörte in dem Zimmer über sich Wasser laufen. Dann die Wasserspülung.

Er legte seinen Arm über den Kopf, drückte ihn aufs Ohr und versuchte, Christinas und Terris Stimmen von nebenan auszusperren. Sie stritten noch immer. Sogar mit bedecktem Ohr konnte er Terri schreien hören.

»Was hast du denn für ein *Problem*?«, fragte er laut.

Er dachte über den Honda nach. Wahrscheinlich könnten sie bis Cleveland fahren, ohne ihn reparieren zu lassen. Natürlich wäre es riskant, nachts zu fahren...

Plötzlich verstummte das Geschrei von nebenan. James nahm den Arm vom Ohr, hob den Kopf und lauschte angestrengt.

Ja. Die beiden hatten endlich aufgehört zu streiten.

Hatte Terri dieses Mal gewonnen?, fragte er sich. Hatte sie Christina überredet, ihm den Laufpass zu geben? Ihn hier zurückzulassen und ohne ihn weiterzufahren?

Hatten die Mädchen darüber gestritten?

Heiße Wut durchbohrte ihn wie ein Stich in die Magengrube.

Terri hatte überhaupt keinen Grund, ihm derart auf den Keks zu gehen! Nur weil sie eifersüchtig war...

Die Wut breitete sich in ihm aus.

Leg dich bloß nicht mit mir an, Terri, dachte er. Dafür hast du dir den falschen Typen ausgesucht.

Ein lautes Klopfen an der Tür unterbrach seine Überlegungen. Erschrocken setzte er sich mit einem Ruck auf.

Wieder klopfte es laut. Jemand hämmerte gegen die Tür.

James sprang schnell vom Bett und durchquerte das Zimmer.

Als er die Hand auf den Knauf legte, rief jemand mit heiserer Stimme: »Kommen Sie mit hoch erhobenen Händen da raus!«

14

Mit der Hand auf dem Türknauf stand James wie erstarrt da und hielt unwillkürlich den Atem an.

Er presste sein Ohr an die Tür und lauschte, konnte aber nur das Pochen seines Herzens hören.

Und dann ein leises Kichern.

Er drehte den Knauf und riss die Tür auf. »Terri!«

Ihre blauen Augen funkelten fröhlich im Licht der trüben Flurbeleuchtung. »Hab ich dich gekriegt! Du bist drauf reingefallen!«, sagte sie und brach in schallendes Gelächter aus. Sie hatte sich umgezogen und trug jetzt abgeschnittene Jeans und ein nabelfreies rosa Top.

James starrte sie mit offenem Mund und pochendem Herzen an. »He, das war gar nicht komisch«, murrte er. »Ich… ich habe deine Stimme nicht erkannt.«

Da erst wurde ihm bewusst, dass er sie zum ersten Mal hatte lachen hören.

»Du hättest dein Gesicht sehen sollen, als du die Tür aufgerissen hast«, sagte sie kopfschüttelnd. »Zum Schreien komisch.«

»Wie schön, dass du deinen Spaß hattest«, sagte er sauer. Ihn überkam der plötzliche Drang, ihr das Grinsen aus dem Gesicht zu prügeln. Doch er unterdrückte diesen Impuls. »Was geht hier ab?«

Terri wurde ernst und schob sich eine Haarsträhne aus der Stirn. »Ich habe nur gedacht, wir könnten vielleicht miteinander reden«, sagte sie zögernd, mied seinen Blick und suchte nach Worten. »Ich meine… eigentlich möchte ich mich entschuldigen.«

»Was?« James konnte seine Überraschung nicht verbergen. Noch immer stand er linkisch in der Tür und umklammerte den Knauf. Eine Fliege schwirrte laut summend gegen das Flurlicht. Es roch nach abgestandenem Zigarettenrauch. »Möchtest du reinkommen?«, fragte er endlich und trat einen Schritt zurück.

»Könnten wir... hm... einen Spaziergang machen?« Schüchtern lächelnd sah sie ihn an.

Ihm drehte sich der Kopf. Warum tat sie das? Was wollte sie von ihm? Wo war Christina?

Was ging hier ab?

»Schau mich nicht so an«, sagte sie schelmisch. »Ich will dich nicht kidnappen, sondern nur einen Spaziergang mit dir machen, damit ich mich dafür entschuldigen kann, dass ich so gemein zu dir war.«

»Ja. Klar. Okay«, entgegnete er unsicher und kratzte sich am Kinn.

Er ließ die Tür offen, drehte sich um und nahm von der Kommode seine Brieftasche und den Türschlüssel. »Frische Luft kann ich gut gebrauchen!«, rief er ihr zu. »Diese Klimaanlage ist nichts als ein ratternder Miefquirl.«

»Die in unserem Zimmer auch«, sagte Terri.

Kurz darauf gingen sie nebeneinander über den Parkplatz vor dem Motel. Die Luft war kühl und trocken. Über ihnen wölbte sich ein tintenblauer, mit Sternen gesprenkelter Himmel. Das Neonlicht des *Sleepy's*-Schriftzugs wechselte ständig die Farbe.

Am Rand des Parkplatzes blieben sie stehen. Rechts erstreckte sich das Provinzkaff mit seinen niedrigen zweistöckigen Häusern über einen sanft abfallenden Hügel. Links wuchs ein dunkler Kiefernwald hinter einer großen Wiese.

James zögerte. Terri nahm seinen Arm und drängte ihn in Richtung Wald. »Schön hier draußen«, sagte sie schüchtern, ohne seinen Arm loszulassen.

»Ja«, stimmte er zu. »Wo ist Christina?«, platzte er plötzlich heraus.

Ein gekränkter Ausdruck huschte kurz über ihr Gesicht. »Sie ist müde und möchte schlafen. Aber ich bin noch zu aufgedreht. Ich meine, diese irre Fahrt... Ich habe das Gefühl, noch immer im Auto sitzen, den Fuß auf dem Gaspedal... auf der Flucht vor diesem... wer immer es war, der uns verfolgt hat.«

»Was für ein Tag«, murmelte er.

»Außerdem wollte ich nicht, dass Christina mitkommt«, flüsterte Terri. Ein Lächeln umspielte ihren Mund, als sie seinen Arm drückte. »Dieses eine Mal wollte ich dich ganz für mich allein haben.«

Was geht hier ab?, fragte sich James wieder und hielt den Blick auf die dunklen Bäume vor sich gerichtet. Macht mich Terri etwa an? Ich dachte, sie kann mich auf den Tod nicht ausstehen.

Die Wiese war weich und sumpfig, das hohe Gras nass vom Tau. Zikaden zirpten eine laute, schrille Melodie.

»Worüber habt ihr beide denn gestritten?«, fragte James.

»Du hast uns gehört?« Terri sah ihn erstaunt an und rutschte auf dem sumpfigen Boden aus. James hielt sie fest, bis sie ihr Gleichgewicht wieder gefunden hatte. »Die Wände sind wohl sehr dünn, wie?«

Er nickte.

»Na ja, wir haben einfach Dampf abgelassen«, sagte sie und richtete den Blick nach vorn, auf die bedrohlich vor ihnen aufragenden Bäume – dunkle Schatten vor dem sternklaren Himmel. »Eigentlich ging es um nichts.«

»Ich verstehe«, sagte James und glaubte ihr kein Wort.

»Weißt du, manchmal macht einen diese ganze Anspannung einfach fertig«, redete Terri weiter. »Und man muss seinen Frust rausschreien.«

»Ihr habt aber ziemlich heftig gestritten«, beharrte James.

Jetzt waren sie unter den Bäumen, ihre Sneakers knirschten über einen dicken Teppich aus Kiefernadeln. Beide atmeten tief die würzige, süße Luft ein.

»Es war kein richtiger Streit«, sagte Terri. »Christina und ich sind seit langem Freundinnen. Da wir uns sehr gut kennen, können wir uns anschreien und unsere Gefühle rauslassen, ohne dass es eine von uns in den falschen Hals kriegt.«

»Ich verstehe«, wiederholte James und tat so, als würde er ihr glauben. Was er nicht tat. Christina und Terri hatten über irgendetwas gestritten.

Aber jetzt ging er mit Terri durch diesen dunklen Wald, stellte Fragen und bekam Lügen als Antworten.

Was wollte sie wirklich von ihm?

Plötzlich hörte er ein Geräusch. Ein Knacken. Das Brechen eines Zweigs unter einem Fuß.

Beide blieben abrupt stehen. Terri hatte es auch gehört. Ihre Augen weiteten sich vor Angst, und sie umklammerte seinen Arm.

Noch ein Knacken. Ein Rascheln. Ganz in der Nähe.

Terri lehnte sich an James. Er fühlte, wie ihr Körper zitterte.

Noch ein Knacken. Ein Schritt.

Näher.

»Wir sind nicht allein«, flüsterte James.

15

Fahles Mondlicht sickerte durch das dichte Geäst der Bäume und warf lange, dunkle Schatten auf den Boden. Kein Lüftchen regte sich.

Wie erstarrt lauschten James und Terri dem leisen Rascheln, den gedämpften Schritten auf dem Teppich aus trockenen Kiefernadeln.

»Wer – wer ist da?«, rief Terri schließlich.

Keine Antwort.

»Ist da jemand?«, wiederholte Terri und warf James einen verängstigten Blick zu.

Wieder keine Antwort.

Noch ein Schritt.

»Sieh mal!« James deutete auf den Boden.

Terri folgte seinem Blick und sah die beiden Störenfriede über den Pfad trippeln. »Opossums«, sagte sie.

»Ja. Opossums.«

Noch immer aneinander geklammert, brachen beide in schallendes Gelächter aus.

»Ich habe gleich gewusst, dass es irgendein Tier ist«, sagte James, ging weiter und kickte ein Büschel Unkraut aus dem Weg.

»Na klar«, entgegnete Terri ironisch.

»Du bist wirklich ein kleiner Angsthase«, neckte er sie.

»Ich habe erst Angst gekriegt als ich sah, was für ein Angsthase du bist«, konterte sie.

Er lachte und drehte sich zu ihr um.

Sie holte ihn ein, legte ihm plötzlich eine Hand auf die Schulter, zog ihn herunter und küsste ihn.

Ihre Lippen waren warm und feucht.

Es war nur ein kurzer Kuss. Nach ein paar Sekunden löste sie sich von ihm und trat mit ausdruckslosem Gesicht einen Schritt zurück. Ihre blauen Augen suchten seine.

»Wofür war das?«, fragte er, unfähig seine Überraschung zu verbergen.

»Das war meine Entschuldigung«, erklärte sie.

»Deine Entschuldigung?«

»Ich hab's dir doch gesagt. Deshalb wollte ich mit dir reden. Ich war so gemein zu dir und hatte nur vor ...«

Spontan griff er nach ihrer Taille, wollte sie an sich ziehen und wieder küssen.

Aber sie entwand sich seinem Griff.

»Nein.«

Er griff wieder nach ihrer. »He, wo liegt das Problem? Komm her.«

»Nein.« Kopfschüttelnd starrte sie ihn an. »Das will ich nicht. Ich wollte mich nur bei dir entschuldigen. Mehr nicht.«

»Gehörst du vielleicht zu den blöden Hippen, die nur aufreißen und nie halten, was sie versprechen?«, fragte James herausfordernd. Er war jetzt völlig durcheinander – wütend wollte er sie unbedingt wieder küssen.

»James – hör mir zu«, beharrte sie heftig. »Ich dachte, wir machen einen netten Spaziergang, damit ich mich bei dir entschuldigen kann und wir Freunde werden können. Ich wollte dich nicht anmachen. Wirklich nicht. Das würde ich Christina nie antun.«

»Wie sollte Christina es je erfahren?«, fragte er mit einem bösen Grinsen.

»Ach, du bist ein Schwein!«, schoss sie zurück. »Ich hab's dir doch erzählt ... Christina und ich sind schon seit einer Ewigkeit Freundinnen. Ich mach doch nicht mit einem Typen rum, an dem sie interessiert ist.«

James zog einen übertriebenen Flunsch. »Was für ein Quatsch!«, sagte er ironisch.

»Komm, wir gehen zurück«, entgegnete Terri müde und enttäuscht. »Das war wohl keine besonders gute Idee.«

Sie drehte sich um und wollte zum Motel zurückgehen, aber er packte ihre Schultern und riss sie herum.

»Lass mich los! Was soll das?«, schrie sie wütend und mit blitzenden Augen.

James grinste provozierend. »Ich bin ein großer, böser Junge, Terri«, sagte er. »Hast du keine Angst so ganz allein mit mir im finsteren Wald?«

Sie schüttelte zwar den Kopf, aber er sah die Furcht in ihren Augen.

»Hast du keine Angst?«, fragte er wieder.

Das Hämmern an seine Zimmertür weckte ihn. Er hob den Kopf und blinzelte verschlafen. Sonnenlicht sickerte durch die Jalousie. Er hatte bäuchlings auf seinem linken Arm gelegen. Der war jetzt taub und kribbelte.

Gähnend richtete er sich auf, umfasste den Arm mit der rechten Hand und schüttelte ihn.

Wieder hämmerte es laut gegen die Tür.

»He, James – wach auf!«, rief Christina.

Er schielte auf die Uhr auf dem Nachttisch. Viertel nach sieben.

Warum so früh? dachte er. Das Blut zirkulierte wieder in seinem Arm. Er ließ ihn fallen.

»James – wach auf!«

»Ich bin wach!«, rief er zurück.

»Öffne die Türf!«, befahl Christina.

»Moment.« Er stand auf und reckte sich. Er hatte in seiner Unterwäsche geschlafen. Wieder gähnend tappte er zu dem Sessel, auf den er seine Jeans geworfen hatte und zog sie an. Kiefernadeln hafteten am Hosensaum.

»James, mach endlich die Tür auf!«, schrie Christina ungehalten.

»Immer mit der Ruhe«, sagte er.

Allmählich wach werdend ging er zur Tür, nahm die Kette ab und öffnete sie.

Christina sah ihn besorgt an. »Ist Terri bei dir?«

»Was?« Er blinzelte sie an, als würde ihm das helfen, ihre Frage zu verstehen.

»Bist du blöd?«, entgegnete sie scharf. »Ist Terri bei dir?« Sie schaute ins Zimmer.

»Nein«, sagte er und wich zurück, um ihr Platz zu machen. »Natürlich nicht.«

»Wo ist sie dann?«, fragte Christina mit aufsteigender Panik in der Stimme.

James strich sich das Haar aus der Stirn. »Woher soll ich das wissen? Ist sie denn nicht bei dir?«

Christina schüttelte den Kopf. Er sah ihr Kinn zittern. »Sie ist nicht da.«

»Bist du sicher?«

»Ja. Sie ist fort. Oh, James – ich habe schreckliche Angst. Terri ist *verschwunden*!«

16

»Bist du dir wirklich sicher?«, wiederholte James und starrte sie ungläubig an.

Christina drängte sich an ihm vorbei ins Zimmer. »*Natürlich* bin ich mir sicher.« Ihr Blick schweifte umher, als ob sie ihm nicht glauben würde.

»Vielleicht ist sie früh aufgestanden und holt uns was zum Frühstück«, meinte James.

Christina stand am Fenster. Sie schüttelte den Kopf. »Ich habe einen sehr leichten Schlaf und hätte sie gehört.« Sie zog die Jalousie hoch und spähte ins Licht. »Außerdem ist ihr Bett unberührt.«

James stand jetzt mitten im Zimmer. Ihm drehte sich der Kopf. Er sah sich flüchtig im Spiegel über der Kommode. Sein Haar war vom Schlaf verstrubbelt und stand auf einer Seite quer ab.

»Ich habe euch beide gestern Abend streiten gehört«, sagte er und nahm seine Haarbürste aus der Segeltuchtasche.

»Na und?«, meinte Christina abwehrend, verschränkte die Arme vor der Brust und warf mit einer Bewegung ihres Kopfs ihr Haar in den Nacken. Es war eine trotzige Geste.

»Tja, vielleicht war Terri wütend auf dich und ist abgehauen«, meinte James, wandte sich vom Spiegel ab und sah Christina an.

»Auf keinen Fall«, entgegnete sie und musterte ihn kalt.

»Worüber habt ihr denn gestritten?«, fragte er, sah wieder in den Spiegel und bürstete sorgfältig sein Haar.

Er konnte im Spiegel sehen, wie sie mit den Schultern zuckte, als wollte sie ausdrücken, es sei nichts Wichtiges gewesen, aber ihre Wangen röteten sich. »Es war nichts Wichtiges«, sagte sie zu seinem Spiegelbild. »Und geht dich echt nichts an.«

Er warf die Bürste in die Segeltuchtasche zurück. Christina kam zu ihm und legte ihren Kopf an seine Brust. »Oh, James, ich habe so schreckliche Angst. Was könnte ihr nur passiert sein?«

Tröstend nahm er sie in die Arme. »Ich glaube noch immer, dass Terri einfach abgehauen ist.«

»Du irrst dich«, sagte Christina, das Gesicht an seine

Brust gepresst. »Ich kenne Terri. Sie hätte irgendwas gesagt, weil sie immer das letzte Wort haben muss. Wenn sie aus Wut über uns abgehauen wäre, hätte sie mir das verklickert.«

Christina unterdrückte ein Schluchzen. James fühlte, wie ihre Schultern bebten, und hielt sie fester.

»Außerdem«, fügte Christina mit überschnappender Stimme hinzu, »ist ihre Reisetasche noch im Zimmer. Ungeöffnet. Ohne ihre Tasche wäre sie nie weggelaufen.«

James dachte lange darüber nach. Er konnte sich nicht entscheiden, ob er Christina erzählen sollte, dass er am Abend mit Terri zusammen gewesen war. Immer noch war er nicht ganz wach und konnte nicht klar denken. Das schaffte er vor dem Frühstück nie.

»Vielleicht sollten wir die Polizei verständigen«, sagte er.

Mit angespanntem Gesicht wand sie sich stirnrunzelnd aus seinen Armen. »Die Polizei? Glaubst du etwa, in diesem Kaff gibt es ein Polizeirevier?«

»Wir könnten mal anrufen und sehen was passiert«, antwortete James schulterzuckend.

»Das wäre echte Zeitvergeudung«, entgegnete Christina. »Sollte es in diesem grässlichen Ort tatsächlich einen oder zwei Polizisten geben, wie schlau sind die wohl? Wahrscheinlich besteht ihre Aufgabe darin, Katzen von Bäumen zu retten. Sie würden uns nur stundenlang ausquetschen und hätten keinen Schimmer, wie Terri zu finden wäre.«

James ließ sich auf die Kante des zerwühlten Betts plumpsen. »Ja. Du hast wahrscheinlich Recht«, stimmte er widerwillig zu. »Aber du könntest ihre Eltern anrufen. Oben in Cleveland. Vielleicht hat Terri mit ihnen telefoniert und gesagt, sie käme nach Hause oder so was.«

»Ihre Eltern?« Christina lachte gequält. »Die sind die *Letzten*, die Terri anrufen würde.«

»Kommt sie mit ihren Eltern nicht gut aus?«

»Sie sprechen kaum miteinander. Terri musste sich heimlich aus dem Haus schleichen, als wir nach Florida gefahren sind.«

»Dann sollten wir vielleicht einfach warten, bis sie zurückkommt«, schlug James vor.

Christina sah ihn böse an. »Na klar. Geniale Idee.« Unglücklich schüttelte sie den Kopf und strich sich ihre blonden Locken aus dem Gesicht. »Und wenn ihr nun was passiert ist, James? Wenn sie irgendwo verletzt liegt? Oder ... oder ...« Ihr stockte der Atem. »Oder Schlimmeres? Vergiss nicht, wir wurden gestern verfolgt. Jemand ...«

»Okay, okay«, warf James ungehalten ein. »Also können wir nicht auf sie warten.«

»Schnauz mich nicht an«, fauchte Christina gereizt.

Er stand auf. »Ich habe dich nicht angeschnauzt. Ich ... ich überlege nur, was wir tun sollen.«

»Lass uns rumfahren«, meinte Christina nachdenklich. »Wir checken aus dieser Bruchbude aus und kurven durch die Stadt. Wir suchen die ganze Gegend nach ihr ab.«

»Okay.« James bückte sich und zog den Reißverschluss seiner Segeltuchtasche zu. »Klingt vernünftig.« Mit einem beruhigenden Lächeln fügte er hinzu: »Vielleicht macht sie einen Schaufensterbummel durch die Stadt.«

Christina lächelte nicht. »Was soll sie sich in den Schaufenstern hier denn anschauen? Traktorreifen?«

Im Büro des Motels checkten sie aus. »Ihr kommt bestimmt mal wieder her«, sagte die Frau hinter dem Tresenr schleppend; sie klang wie die übertriebene Kinoversion einer Südstaatlerin.

»Das glaube ich nicht«, murmelte James vor sich hin. Mit der Segeltuchtasche in der Hand folgte er Christina nach draußen. Am Parkplatz entlang gingen sie zur Rückseite des Motels, wo sie ihr Auto geparkt hatten.

Der zuvor klare und sonnige Himmel hatte sich bedeckt. Vom Süden her zog eine Wand hoher, grauer Wolken auf. Die Luft war drückend, heiß und feucht.

»Sieht nach Regen aus«, sagte James.

Sie bogen um die Ecke des Gebäudes und blieben abrupt stehen.

Christina packte James' Arm und schnappte nach Luft. »Der Honda...«, stammelte sie und hielt sich mit blassem Gesicht und weit aufgerissenen Augen an ihm fest. »Der Honda – er ist weg!«

17

Beide ließen ihre Reisetaschen an der rückwärtigen Mauer des Gebäudes fallen und gingen zu der Stelle, wo sie den Wagen geparkt hatten. Christina starrte einen großen schwarzen Ölfleck an, als könnte der ihr einen Tipp geben, wohin die Karre verschwunden war.

»Ich fasse es nicht«, flüsterte sie kopfschüttelnd.

»Terri muss damit weggefahren sein«, sagte James mit zitternder Stimme.

Christina schaute ihn an. Er sieht wirklich verängstigt aus, dachte sie. Meist gibt er sich tapfer und cool, jetzt aber ist er zu Tode erschrocken.

»Sie kann den Wagen nicht genommen haben«, erklärte Christina, öffnete ihre Handtasche, kramte darin herum und zog einen Schlüsselbund heraus. »Ich habe die Autoschlüssel«, verkündete sie grimmig. »Also kann Terri nicht damit weggefahren sein.«

James klappte vor Überraschung der Kiefer herunter. Er starrte die Schlüssel an und fragte: »Ist das der einzige Satz?«

Christina nickte. »Ja.«

Er kickte einen Kieselstein über den Asphalt gegen die Hauswand. »Jetzt *müssen* wir wohl die Polizei verständigen«, meinte er leise.

»Wir *müssen* nur eins – von hier verschwinden«, drängte Christina und drückte seine Hand. »Jemand ist hinter uns her, James. Terri und das Auto sind bereits verschwunden. Als Nächstes sind wir dran.«

»Was sagst du da?« Verwirrt blinzelte er sie an. »Wir sollen einfach abhauen?«

»Wir *müssen*!«, schrie sie schrill. Ihre Augen wurden feucht, und zwei Tränen liefen über ihre erhitzten Wangen. »Ich halte das nicht mehr aus!«

»Aber, Christina …«, wandte er ein und griff nach ihr.

Sie wich zurück, bis sie außerhalb seiner Reichweite war. »Hier sind wir in Gefahr! Echt in Gefahr! Wir müssen so weit wie möglich weg von hier.«

»Aber, das Auto …«, redete James weiter.

»Das Auto ist mir *scheißegal*!«, schrie sie und merkte, dass sie die Beherrschung verlor. »Und weder du noch ich können wegen Terri etwas unternehmen! Nicht, wenn irgendein Irrer hinter uns her ist!«

»Okay, okay.« James schaute sich um, ob jemand sie beobachtete. »Beruhige dich. Wir hauen ab.«

»Gut«, entgegnete Christina und schluchzte laut auf. »Lass uns bloß von hier verschwinden.« Wieder rollten ihr zwei Tränen über die Wangen.

Der Himmel verfinsterte sich jetzt. Tief hängende graue Wolken trieben über ihnen dahin, und die schwüle Luft hatte sich merklich abgekühlt.

Christina holte tief Luft. Ätzender Dieselgestank stieg ihr in die Nase. »Ich hasse diesen Ort!«, schrie sie.

Beide holten ihre Reisetaschen und gingen zur Vorderseite des Motels.

»Was machen wir jetzt?«, fragte James, den Blick auf die menschenleere Straße gerichtet, die durch die Stadt führte.

»Trampen, schätze ich«, entgegnete sie und hielt sich dicht an seiner Seite.

»Okay. Hast du dich etwas abgeregt?«

»Nicht wirklich«, antwortete sie. »Mir geht's wohl erst besser, wenn wir weit weg von hier sind.«

»Wenig Verkehr«, sagte er, als sie die Straße entlanggingen. Unter ihren Sneakers knirschte der Kies.

Der Himmel war jetzt schwarzgrau. Vereinzelte Windböen peitschten die Zypressen und Kiefern am Straßenrand.

»Wir gehen einfach Richtung Norden«, sagte sie. »Irgendwann wird schon ein Auto kommen und uns mitnehmen.«

Ein roter, mit Baumstümpfen beladener Pick-up rollte an ihnen vorbei.

»Hoffentlich fängt's nicht an zu regnen«, sagte James und warf einen Blick zum Himmel. »Hoffentlich zieht das Unwetter vorbei. Sonst werden wir nass bis auf die Knochen.«

»Das ist mir egal«, entgegnete Christina und nahm ihre Reisetasche in die andere Hand. Wieder rumpelte ein Pick-up, diesmal ein leerer, an ihnen vorbei. »Solange wir nur hier wegkommen.«

In dem einzigen Coffee Shop des Kaffs tranken sie Kaffee und aßen Marmelade-Doughnuts. Christina hasste normalerweise den bitteren Geschmack von Kaffee, aber an diesem Morgen schmeckte er gut, und die Wärme half ihr, sich ein bisschen zu beruhigen.

Nach dem Frühstück marschierten sie weiter durch den Ort, kamen an dem winzigen Postamt, dem Geschäft für Landwirtschaftsgeräte und einem traurig aussehenden Gemischtwarenladen vorbei, vor dem aus irgendeinem Grund ein klappriger alter Zahnarztstuhl stand.

Bald darauf trotteten sie den Highway entlang, drehten sich bei jedem Geräusch mit erhobenen Daumen um und warteten gespannt, ob ein Wagen hielt.

So früh waren hauptsächlich Lastwagen unterwegs. Die wenigen Autos, die vorbeifuhren, verlangsamten nicht einmal das Tempo.

Der Himmel hatte jetzt eine düstere olivgrüne Farbe angenommen. Christina spürte ein paar kalte Regentropfen auf ihrer Stirn.

»He – schau mal!« James deutete auf ein Auto, das ihnen mit hohem Tempo entgegenkam. »Ist das nicht dein Honda?«

»Was?« Christina riss schockiert den Mund auf.

Der blaue Honda brauste vorbei. Auf den Vordersitzen saßen zwei Frauen.

»Nein«, sagte Christina und senkte unglücklich den Kopf. »Auf keinen Fall. Das war ein Civic, glaube ich. Du weißt schon, das kleinere Modell.«

»Es hatte dieselbe Farbe«, verteidigte sich James. Er ging ein paar Schritte vor ihr, blieb jetzt stehen und wartete auf sie.

»Wir sind schon ziemlich weit gegangen«, sagte Christina entmutigt.

»Ja, aber der Verkehr nimmt jetzt zu«, entgegnete er. »Sicher hält bald jemand an.«

»Spürst du die Regentropfen auch?«, fragte sie.

»Das mit Terri kann ich immer noch nicht fassen«, sagte er und passte seinen Schritt dem ihren an.

»Ich weiß«, entgegnete sie stirnrunzelnd. »Wäre nur …«

»Ich meine, sie war okay und gut drauf, als wir uns getrennt haben.«

»Was?«, rief Christina überrascht und warf ihre Reisetasche auf den sandigen Boden. »Was soll das heißen?«

Völlig verblüfft starrte er sie an. »Nur, was ich gesagt habe. Als wir uns trennten …«

Christina schluckte krampfhaft und brauchte eine Weile, bis sie wieder sprechen konnte. »Du warst gestern Abend mit ihr zusammen? Warum hast du mir das nicht gleich gesagt? Du hast dich mit ihr *getroffen*?«

»Na ja«, sagte James. »Wir sind spazieren gegangen. Hat sie dir das nicht erzählt?«

»Mir hat sie *überhaupt* nichts erzählt«, entgegnete Christina hitzig und schaute James vorwurfsvoll an. »Mir hat sie nur gesagt, sie wolle frische Luft schnappen, aber nicht, dass sie mit dir verabredet war.«

Jetzt regnete es stärker. Tropfen klatschten auf die Fahrbahn.

»Sie hat an meine Tür geklopft«, erklärte James, ohne auf den Regen zu achten. »Und gesagt, sie wolle sich bei mir entschuldigen. Wir haben einen Spaziergang in den Wald hinter dem Motel gemacht und miteinander geredet. Dann sind wir zurückgegangen.«

»Nein, das bist du nicht!«, beschuldigte ihn Christina aufgeregt. Ihre Augen waren groß vor Wut – und Angst. »Du bist nicht mit ihr zurückgekommen.«

»Was?« James starrte sie verwirrt an. »Doch, das bin ich. Ich habe sie zum Motel zurückbegleitet.«

»Du hast Terri in den Wald mitgenommen«, warf ihm Christina mit schmalen Augen und angespanntem Gesicht vor. »Du bist mit ihr in den Wald gegangen, aber nicht mit ihr zurückgekommen.«

»Moment mal, Baby.« James ließ seine Reisetasche fallen und griff nach ihr.

»Rühr mich nicht an!«, kreischte Christina.

»Christina!«

»Ich mein's ernst. Rühr mich nicht an!« Sie wich einen Schritt und dann noch einen zurück. Ihr T-Shirt war fleckig vom Regen, und ihr Haar klatschnass. Sie schien es nicht zu bemerken.

»Hör mal«, sagte James ruhig und schaute ihr in die Augen. »Du machst dich völlig verrückt. Ich habe nicht ... «

»Wo ist sie, James?«, verlangte Christina kalt zu wissen. »Wo ist Terri? Was hast du gestern Abend mit ihr *gemacht*?«

18

James machte nicht einmal den Versuch, Christinas Fragen zu beantworten. Er starrte sie nur durchdringend an, als würde er sich den nächsten Schritt überlegen.

Christina hingegen musterte ihn kalt und anklagend. Doch dann wich ihr harter Gesichtsausdruck dem nackter Angst. Ihr ganzer Körper erbebte in einem heftigen Schauder, als ihr das Entsetzliche dieser Situation bewusst wurde.

»Christina ...«, fing James an.

Doch sie unterbrach ihn und hob, Schweigen gebietend, die Hand. »Keine Lügen mehr«, sagte sie, ihre Stimme war nur noch ein Flüstern.

Jetzt peitschten kalte Windböen den strömenden Regen schräg auf sie zu.

Christina senkte den Blick auf die Fahrbahn, die links im hohen Kiefernwald verschwand. Zwei Krähen saßen wippend nebeneinander auf der Telefonleitung, die den Highway überspannte.

James wollte sie anfassen, aber sie wich zurück. Ihr Gesicht drückte Wut und Angst aus. »Rühr mich nicht an!«, schrie sie wieder schrill.

»Hör mir zu«, forderte er ungehalten und mit schmalen Augen. Das durchnässte T-Shirt klebte an seinem Körper. Seine Haare waren klatschnass, und Regen strömte ihm übers Gesicht.

Christina schüttelte heftig den Kopf. »Wie konnte mir das nur passieren?«, sagte sie mehr zu sich selbst. »Ich kann's nicht fassen, dass ich hier ganz allein am Ende der Welt auf diesem leeren Highway stehe – mit *dir*.«

Er warf ihr einen wütenden Blick zu, der gleichzeitig Verzweiflung ausdrückte. »Gestern hast du nicht so über mich gedacht«, sagte er.

Christina zerrte an ihrem nassen Haar. »Da wusste ich noch nichts. Ich dachte, dass Terri ...«

James wollte ihr ins Wort fallen, da wurde geschossen. Ein scharfer Knall.

Beide schrien auf.

Beim Krachen des zweiten Schusses warfen sie sich auf den nassen, sandigen Boden.

19

James kauerte neben Christina. Er hob den Kopf und kniete sich dann hin.

»Wer ist das?«, fragte Christina, den Kopf in beiden Händen vergraben. »Wer schießt auf uns?«

»Ich kann niemanden entdecken«, antwortete James, den Blick auf den dichten Kiefernwald gerichtet. »Es ist schwer, bei diesem Regen etwas zu sehen, aber...«

»Aber was? Was siehst du?«, fragte Christina hysterisch.

James schirmte die Augen mit einer Hand ab und starrte in Richtung Wald rechts von ihnen, als zwei Männer unter den Bäumen hervortraten. Beide trugen Khakihosen, grünbraune Armee-Tarnjacken und orangefarbene Baseballkappen. Beide hatten Gewehre.

James stand schnell auf und ballte die Fäuste, als würde er sich auf einen Kampf vorbereiten.

Christina richtete sich widerwillig neben ihm auf und hielt ihre Reisetasche wie einen Schild vor sich.

Die zwei Männer, Gewehre über den Schultern, näherten sich rasch. Ihre Stiefel platschten laut über den nassen, sandigen Boden.

»Haben wir euch Angst eingejagt?«, rief einer.

»He – wir haben euch nicht gesehen«, fügte sein Gefährte hinzu.

Christina und James blieben wie erstarrt stehen. »Jäger«, murmelte James und schnitt eine Grimasse.

»Wir jagen Wachteln«, sagte der größere und grinste Christina verlegen an. »Wir wollten euch nicht erschrecken.«

»Seid ihr okay?«, fragte sein Gefährte.

James nickte. »Ja. Außer einer Fleischwunde habe ich nichts«, überspielte er ironisch seine Angst.

»Wir dachten, Sie schießen auf uns«, sagte Christina zitterig, die Reisetasche noch immer vor ihre Brust gepresst.

»Was macht ihr zwei denn hier draußen?«, fragte der erste Jäger und ließ sie nicht aus den Augen.

»Habt ihr nichts Bessers zu tun, als im Regen rumzulaufen?«, fügte der andere laut lachend hinzu. »Oder seid ihr so blöd wie Earl und ich?«

Beide Jäger lachten und grinsten Christina an.

»Ja, wir sind ziemlich blöd«, entgegnete James, die Hände in die Hüften gestemmt, und musterte die Männer noch immer misstrauisch.

»Wir wollen in den Norden trampen«, sagte Christina und wich ihren Blicken aus.

Warum starren die mich so an? dachte sie. Warum grinsen sie dauernd?

Ein Schauder der Angst überlief sie.

Beide waren bewaffnet. Dagegen waren sie und James machtlos.

Sogar James mit seiner rasenden Wut könnte gegen die beiden stämmigen Männer mit ihren Jagdgewehren nichts ausrichten.

»So früh am Tag gibt's nicht viel Verkehr«, sagte der Größere und ließ den Blick über den Highway schweifen.

»Vielleicht habt ihr Glück«, meinte der andere, noch immer Christina anglotzend.

»Ja. Irgendjemand muss doch bei diesem Regen Mitleid mit euch haben«, stimmte der Erste zu. »Schließlich seht ihr ziemlich jämmerlich aus.«

Worauf sich beide wieder vor Lachen ausschütteten.

Der Größere nahm sein Gewehr von der Schulter.

Wieder überlief Christina ein Schauder.

Schnell senkte er den Lauf. »Sorry«, sagte er und hörte auf zu grinsen.

»Ja. Sorry«, wiederholte sein Gefährte. »Viel Glück.«

Beide machten kehrt und marschierten mit langen Schritten in den Wald zurück.

Christina starrte hinter ihnen her – die Reisetasche noch immer vor der Brust umklammernd –, bis sie unter den Bäumen verschwanden. »Die haben mir echt Angst gemacht«, sagte sie mit flacher Stimme, ohne James anzusehen.

»So schlimm waren sie nicht«, sagte James, fuhr sich mit der Hand durchs nasse Haar und wandte sich Christina zu. »Hör mir jetzt endlich mal zu.«

Sie schaute ihn böse an. »Ich will die Wahrheit wissen, James. Die Wahrheit über Terri.«

Da schweifte sein Blick plötzlich an ihr vorbei. Sie drehte sich um und sah ein Auto näher kommen.

James trat auf die Straße und hob den Daumen. Zitternd vor Kälte stellte sich Christina neben ihn.

Es war ein weißer Wagen, sah sie. Vielleicht ein Oldsmobile. James winkte und signalisierte dem Fahrer zu halten.

Der Wagen raste vorbei.

Die Reifen wirbelten Wasserfontänen auf. Der Fahrer saß allein im Auto.

James senkte deprimiert die Hand.

Da leuchteten die Bremslichter auf, der Wagen schlitterte mit quietschenden Reifen über die Fahrbahn und hielt. James traute seinen Augen nicht.

Das Auto fuhr rückwärts und hielt etwa zwanzig Meter vor ihnen.

»He – der nimmt uns mit!«, rief Christina glücklich.

James packte seine Segeltuchtasche und lief hinter ihr her zu dem weißen Wagen.

Die Seitenfenster waren beschlagen. Der Fahrer kurbelte die Scheibe am Beifahrersitz herunter. »Wo wollt ihr Kids denn hin?«

»Nach Norden«, sagte Christina und beugte sich ins Fenster.

Der Fahrer war ein junger Mann mit kurzem braunem Haar, das sich über der Stirn lichtete. Er trug eine schwarz geränderte Brille, ein gelbweiß gestreiftes Polohemd und ausgewaschene Jeans.

»Ich mach den Kofferraum auf«, sagte er. »Werft eure Sachen da rein.«

Der Deckel sprang auf. Christina und James verstauten ihre Taschen, schlugen den Deckel zu und beeilten sich, aus dem Regen zu kommen. Christina rutschte auf den Vordersitz. James stieg hinten ein.

»Ein schlechter Tag fürs Trampen«, sagte der Mann und wischte mit einem zusammengeknüllten Papiertaschentuch den Dunst von der Windschutzscheibe. »Wie seid ihr Kids nur so weit gekommen?«

»Wir hatten einfach Glück«, entgegnete James ironisch.

»Danke, dass du gehalten hast«, sagte Christina und wischte sich mit dem Handrücken die Regentropfen von der Stirn. »Wir dachten schon, niemand würde uns mitnehmen.«

Der Mann streckte ihr lächelnd die Hand hin. »Ich heiße Art«, sagte er fröhlich und zog hastig seine Hand wieder zurück. »O verdammt, ihr seid ja wirklich patschnass.«

Christina und James stellten sich vor.

»Ich fahre nach Atlanta«, erzählte Art ihnen, schaltete auf »Drive« und lenkte den Wagen auf die Straße zurück. »Bis dahin solltet ihr trocken sein. Wo kommt ihr her?«

»Aus Florida«, entgegnete Christina. »Wir haben Schulferien und sind nach Fort Lauderdale gefahren.«

»Nur ihr zwei?« Er gab Gas, der Motor brummte, und die Tachonadel kletterte schnell auf achtzig.

»Nein. Meine Freundin Terri und ich«, sagte Christina.

Die Scheibenwischer klickten rhythmisch, während die graue Welt an ihnen vorbeirauschte. Christina lehnte sich zurück, schloss die Augen und versuchte sich zu entspannen.

»Ich nehme hier eine Abkürzung zum Main Highway«, sagte Art und drosselte vor einer scharfen Linkskurve das Tempo. »Dann geht's direkt nach Atlanta.«

»Ich finde das wirklich nett von dir«, sagte James und wischte mit der Hand die Scheibe frei, damit er hinaussehen konnte.

»He, ich musste einfach halten«, entgegnete Art. »Ich konnte euch doch da draußen nicht *ertrinken* lassen, oder?« Er lächelte Christina an. »Außerdem brauche ich Gesellschaft. Da das Radio kaputt ist, war es zu still hier drin.«

Rechts tauchte verschwommen das grüne Highway-Schild auf. Art folgte der Auffahrt zum vierspurigen Highway und beschleunigte auf neunzig.

Es goss weiter in Strömen. Die Scheibenwischer liefen auf Hochtouren, schafften es aber kaum, die Windschutzscheibe freizuhalten, denn von den Autos vor ihnen spritzten Wasserfontänen hoch.

Nach einem Blick in den Rückspiegel wechselte Art die Fahrspur. »Schlechte Sichtverhältnisse heute«, murmelte er. »Normalerweise mag ich den Regen. Er ist gut für die Ernte und all das. Aber ich hasse es, bei Regen Auto zu fahren.«

»Mir ist schon klar, was du meinst«, entgegnete James unbeholfen. »Wohnst du in Atlanta?«

Art schüttelte den Kopf. »Nein. Down South. Und du?«

»Tja, ich komme aus Key West«, erzählte ihm James. »Aber ich möchte gern woanders leben.«

»Key West ist zu touristisch, einfach überlaufen«, sagte Art und schnitt eine Grimasse.

James stimmte ihm zu.

Dann fuhren sie eine Weile schweigend weiter.

James warf einen Blick auf Christina. Sie saß angespannt, mit im Schoß verkrampften Händen da, starrte geradeaus und kaute auf ihrer Unterlippe.

Er lehnte sich in die Wärme des Sitzes zurück und schloss die Augen. Ihre wütenden Beschuldigungen gingen ihm nicht aus dem Kopf. Er dachte über Terri nach, an ihren Spaziergang am Abend zuvor im Kiefernwald.

Terri. Terri. Terri. In Gedanken wiederholte er den Namen so oft, dass er zu einem bedeutungslosen Singsang wurde. Erst Christinas erschreckte Stimme riss ihn aus seiner Versunkenheit.

»Dieses Schild! Art – darauf steht, dass wir nach Süden fahren!«

Art antwortete nicht.

James beugte sich vor und spähte durch die beschlagene Windschutzscheibe. Das Schild war schon vorbeigeschwirrt. Jetzt sah er nur noch Bäume und endlose, flache Felder.

Der Regen hatte nachgelassen. Wolken hingen noch tief am Himmel und schienen dem dahinrasenden Auto näher zu kommen.

»Wir fahren in die falsche Richtung«, sagte Christina schrill. »Wir fahren nach Süden.«

»Ich weiß«, sagte Art leise, die Augen geradeaus gerichtet, mit ausdrucksloser Miene.

»Aber – warum? Was geht hier vor?«, wollte Christina wissen.

»Ja, was soll das?«, schaltete sich James vom Rücksitz ein. Er legte Art die Hand auf die Schulter. »Du hast gesagt, du fährst nach Norden.«

»Ich habe gelogen«, entgegnete Art einfach.

»Was?«, rief James empört.

»Wo fahren wir hin? Was hast du vor?«, fragte Christina. Angst schnürte ihr die Kehle zu.

»Ich mache nur einen kleinen Umweg«, sagte Art noch immer völlig emotionslos. Mit einem Ruck befreite er seine Schulter aus James' Griff und gab Gas.

»Wo bringst du uns hin?«, fragte James.

»Ich will euch etwas zeigen«, antwortete Art. Ein seltsames Lächeln breitete sich langsam auf seinem Gesicht aus.

»Lass uns raus!«, schrie Christina. »Halt an!« Sie zerrte am Türgriff, aber die Tür war verriegelt.

»Wir wollen keinen Ärger«, sagte James sanft.

Art antwortete nicht.

»Halt an!«, schrie Christina mit panisch verzerrtem Gesicht.

Ihr Flehen ignorierend, starrte Art geradeaus in das graue Licht. Er streckte die rechte Hand aus und fummelte an den Armaturen herum. »Wo ist die Lüftung?«, murmelte er vor sich hin. »Ich hasse diese Mietwagen.«

»Das ist nicht dein Auto?«, fragte James. »Fährst du einen Mietwagen?«

»Tja, ich wusste, dass ihr den blauen Taurus erkennen würdet«, entgegnete Art nüchtern. »Also habe ich mir dieses Auto gemietet, nachdem ich mich gestern Abend leider von euch trennen musste.«

20

»Ich will hier raus! Lass uns *raus*!«, schrie Christina in wilder Panik und griff wütend ins Lenkrad.

Art trat auf die Bremse. Ein jäher Ruck, und der Wagen schlitterte über die nasse Fahrbahn. Autohupen gellten.

James wurde nach vorn geschleudert und prallte mit dem Kopf gegen Christinas Nackenstütze. Dann plumpste er wieder in den Sitz zurück.

Er sah, wie Art mit dem Ellbogen hart in die Rippen Christinas stieß. Sie schrie vor Schmerz auf und ließ das Lenkrad los.

Links musste ein blauer Van abrupt ausweichen, als Art den Wagen in die Spur zurückmanövrierte.

Mehr Hupen gellten.

»Das war dumm von dir«, sagte Art keuchend und warf Christina einen wütenden Blick zu.

»Ich kapier das nicht«, sagte James und überlegte angestrengt, was er unternehmen könnte. »Ich kapier das echt nicht.«

»Das glaube ich dir gerne«, sagte Art leise und musterte James im Rückspiegel mit schmalen Augen.

Christina zerrte wieder am Türgriff und wollte den Verriegelungsknopf hochziehen.

Art packte mit der rechten Hand ihre Schulter und zerrte sie von der Tür weg.

»Lass mich raus!«, schrie Christina wieder und winkte wie verrückt dem Fahrer im blauen Van zu.

Die linke Hand am Lenkrad, griff Art mit der Rechten unter den Fahrersitz und holte eine kleine metallisch glänzende Pistole hervor.

»Vielleicht können wir uns jetzt alle etwas beruhigen«, sagte er.

Christina schnappte nach Luft. »Willst du uns erschießen?«

»Nein, das möchte ich wirklich nicht«, sagte Art und warf ihr einen Blick zu. »Aber das liegt ganz bei euch.«

»Was willst du von uns?«, fragte James und legte die Hand auf Christinas bebende Schulter.

Art runzelte die Stirn und sagte: »Seht die Sache doch etwas lockerer und genießt die Fahrt.« Mit einer Hand lenkte er, mit der anderen umklammerte er auf seinem Schoß den Pistolengriff.

»Wir sind wieder in Florida«, klagte Christina und wischte mit der Hand über die beschlagene Scheibe, damit sie die vorbeigleitenden Straßenschilder lesen konnte.

»Dem Sunshine State«, sagte Art leise. »Seht nur, die Wolken reißen auf.«

Er schaltete den Scheibenwischer aus. Zwar bedeckten noch immer dunkle Wolken den Himmel, aber dazwischen blitzten blaue Flecken auf.

»Warum bist du uns gestern Abend gefolgt?«, wollte James wissen und beugte sich vor, die Hand noch immer auf Christinas Schulter. »Was willst du von uns? Willst du Geld? Wir haben kein Geld.«

»Halt die Klappe und lehn dich zurück!«, befahl Art und hob die Pistole. »Genug geredet. Haltet einfach die Klappe. Alle beide!«

James ließ gehorsam Christinas Schulter los und rutschte auf dem Sitz zurück.

Christina stieß einen lauten Seufzer aus. »Lass uns gehen. Bitte. Wir erzählen niemanden etwas von dieser Sache. Wirklich.«

Art schlug mit der Pistole gegen das Armaturenbrett. Christina und James zuckten erschreckt zusammen. »Ich sagte doch, dass ihr die Klappe halten sollt!«

Christina stieß einen kurzen Protestschrei aus,

schwieg aber. James drückte sich tief in den Sitz und überlegte krampfhaft, wie er sie aus diesem Schlamassel befreien könnte.

Vielleicht ist die Situation günstiger, wenn ich warte, bis wir aussteigen, dachte er.

Aber wo bringt der Kerl uns eigentlich hin?

Und wer *ist* er? Was hat er mit uns vor? Ist er ein Kidnapper? Warum sollte er ausgerechnet uns kidnappen? Kidnapper greifen sich doch nur reiche Kids, damit sie ein hohes Lösegeld erpressen können.

Nein, entschied James. Das ist keine simple Entführung.

Aber was soll das Ganze dann?

Er neigte leicht den Kopf zur Seite und musterte Art. Sehr groß ist er nicht, dachte er. Und er sieht auch nicht durchtrainiert aus. Ich könnte es mit ihm aufnehmen. Ja. Mit dem werde ich bestimmt fertig. Allerdings ist die Pistole ein Problem. Aber kein so großes.

Ich muss nur den richtigen Augenblick abpassen.

Sie fuhren weiter nach Süden. Der Highway war hier trocken. Die Wolken wichen einem strahlend blauen Himmel, und die Nachmittagssonne stand direkt über ihnen. Im Auto wurde es heiß. Die Atmosphäre war beklemmend.

Christina saß mit im Schoß verkrampften Händen steif da und starrte zum Seitenfenster hinaus. Ihr Haar war wirr. Die langen Locken, die ihr über die Augen fielen, strich sie nicht mehr zurück.

»Wo bringst du uns hin?«, fragte sie mit leiser, zitternder Stimme nach ein paar Minuten bedrückenden Schweigens.

»Das wirst du schon sehen«, entgegnete Art. Noch immer umklammerte er den Pistolengriff.

An der Ausfahrt des Highways drosselte er das Tempo.

Ich kann rausspringen, dachte James mit angespannten Muskeln. Er legte die Hand auf den Türgriff.

In der Kurve fuhr Art noch langsamer.

James holte tief Luft.

Dann zögerte er.

Er nahm die Hand vom Türgriff und lehnte sich zurück.

Art folgte einer schmalen Straße durch dichten Wald. Das Auto holperte durch Schlaglöcher.

Die Luft wurde dunstig und schwül. Kein anderes Fahrzeug war in Sicht. James sah Buchen und Zypressen und Trauerweiden, die sich traurig über die Straße neigten.

Wir fahren mitten ins Sumpfland, erkannte er. Wurzeln umgekippter Bäume ragten aus trüben Schlammlöchern. Kletterpflanzen hingen über nassem, blättrigem Unterholz. Auf einer einspurigen Brücke überquerten sie einen ausgetrockneten Wasserlauf.

»Gleich sind wir da«, murmelte Art mehr zu sich und schaute Christina an. »Ich hoffe, euch gefällt meine kleine Hütte im Sumpf. Eigentlich gehört sie ja einem Freund, aber er hat nichts dagegen, wenn wir sie benutzen.« Und dann fügte er in einem unheilverkündenden Ton hinzu: »Lange werden wir uns hier sowieso nicht aufhalten.«

Christina drehte sich zu James um. In ihren Augen stand das nackte Entsetzen. Ihre Unterlippe zitterte.

James legte einen Finger an den Mund, als wollte er sagen: *Pscht. Mach dir keine Sorgen.*

Als Art jedoch das Auto auf einen Waldweg zwischen Mangroven lenkte, überlief auch James ein Schauder der Angst. Kalter, lähmender Angst.

In diesem beinahe undurchdringlichen Sumpfland gab es meilenweit keine Menschenseele. Art konnte mit ihnen tun, was er wollte. Hoffnung auf Rettung gab es hier nicht.

Nicht einen Funken Hoffnung.

Der Wagen holperte jetzt eine Steigung hoch. Die Mangroven standen so dicht und waren mit Kletterpflanzen derart zugewachsen, dass ein dämmriges Zwielicht herrschte und nur vereinzelt Sonnenstrahlen durch das Blattwerk drangen.

»Au!«, schrie Christina, als der Wagen in ein tiefes Schlagloch rummste.

Art lachte laut auf.

Vor einer kleinen Hütte aus Schindeln hielt er. »Trautes Heim, Glück allein«, sagte er zu Christina. »Sieh nur, wie hübsch und abgelegen dieses Plätzchen ist. Keine Nachbarn. Keine neugierigen Nachbarn, die zu unserer… Party eingeladen werden möchten.«

»Was hast du mit uns vor?«, wollte Christina, mehr verängstigt als wütend, wissen.

Art deutete mit der Pistole auf die Beifahrertür. »Los, steig aus.«

Christina zögerte.

Er hob drohend die Waffe, als wollte er sie damit schlagen.

Christina schluckte krampfhaft und zerrte am Türgriff.

»Du auch!«, befahl Art James.

Ein paar Sekunden später standen die drei neben dem Wagen und starrten die kleine Hütte mit dem Flachdach an. Viel größer als ein Schuppen war sie nicht.

James spähte durch das einzige Fenster ins Innere und sah, dass es da drinnen fast dunkel war.

Ein halb mit Regenwasser gefüllter Aluminium-Eimer stand leicht gekippt davor. Eine Angel ohne Rolle lehnte an einer Wand.

Art kickte eine Bierdose über den Boden. »Sieht aus, als wäre mein Freund kürzlich hier gewesen«, sagte er mit ausdruckslosem Gesicht.

Er drehte sich um, gähnte laut und reckte sich mit beiden Händen über dem Kopf und durchgebogenem Rücken. »Du meine Güte, war das eine lange Fahrt!«

Das ist meine Chance, dachte James mit angespannten Muskeln. Er dreht mir den Rücken zu. Ich kann ihn überrumpeln.

Ich kann ihn zu Boden werfen. Ich kann ihn fertig machen.

James zögerte nur kurz.

Dann nahm er Anlauf und sprang auf Arts Rücken.

21

Noch während des Sprungs hob James angriffsbereit die Arme.

Aber schon wirbelte Art herum, riss ein Knie hoch und rammte es James in den Magen.

»Uhh ...«

Die Wucht des Aufpralls presste James die Luft aus den Lungen. Ein stechender Schmerz schoss durch seinen Körper und lähmte ihn momentan.

Als er auf die Knie fiel, schnappte er keuchend nach Luft. Doch der Schmerz war zu groß, raubte ihm den Atem. Es tat so weh. Alles tat weh. Sogar seine Lider. Sie brannten.

Er wusste, dass er verloren hatte und fiel, fiel, fiel.

Alles war so hell.

Und wurde plötzlich dunkel.

James öffnete die Augen.

Es war immer noch dunkel.

Er blinzelte. Einmal. Zweimal. Dann konnte er wieder klar sehen.

Er saß in der Hütte. Fahles Licht drang durch das einzige Fenster.

Vorsichtig versuchte er aufzustehen. Etwas hielt ihn zurück.

»Christina?«, rief er.

Sie saß neben ihm auf einem Stuhl mit gerader Rückenlehne. Hinter ihr wickelte Art eine weiße Leine auf.

Ich bin gefesselt, stellte James fest.

Mit auf dem Rücken zusammengebundenen Händen saß auch er auf einem Stuhl mit gerader Rückenlehne. Die Leine war fest um seine Taille geschlungen.

»He!«, rief er und erkannte seine eigene Stimme nicht mehr. Sie klang gedämpft und wie von weit her.

»Bist du wieder unter den Lebenden?«, fragte Art, und ein teuflisches Grinsen breitete sich auf seinem schmalen Gesicht aus. Seine Brillengläser funkelten in dem fahlen Licht. Sie schienen zu leuchten, als stünden sie in Flammen.

»Was soll das alles?«, brachte James mühsam hervor. Sein Magen schmerzte. Er fühlte den Puls in seinen Handgelenken pochen. Die Leine schnürte seine Blutzirkulation ab.

»Du hast etwas sehr Dummes getan«, sagte Art kalt, »und wirst dafür bezahlen.«

»Fessle mich nicht. Bitte!«, flehte Christina.

Art ignorierte ihre Worte und stellte sich mit einem Stück straff gespannter Leine vor sie hin. »Streck deine Hände aus.«

»*Bitte!* «, flehte Christina mit schriller Stimme. Sie war kurz davor, in Tränen auszubrechen.

»Streck deine Hände aus«, wiederholte Art geduldig.

»Hör mal, wir haben dir doch gar nichts getan«, sagte James. »Warum behandelst du uns so?«

»Leg die Hände aneinander«, befahl Art, an Christina gewandt.

Widerwillig streckte sie die Hände aus. Sie zitterten. James sah, dass sie am ganzen Körper zitterte.

Dann änderte sich plötzlich Christinas Gesichtsausdruck. Sie schaute Art in die Augen. »Hör mal, Art, ich mach was echt Nettes mit dir, wenn du uns gehen lässt«, gurrte sie.

Art zögerte. »Was sagst du da?«

»Ich sagte, ich habe was echt Nettes für dich.« Christinas Stimme klang aufreizend, beinahe neckisch. »Ich gebe es dir, wenn du uns gehen lässt. Es wird sich lohnen, Art. Wirklich.«

»Christina – was *sagst* du da?«, fragte James entgeistert.

22

Art musterte Christina nachdenklich. »Hältst du mich für blöde?«, fragte er.

Christina klappte der Unterkiefer runter. »Was?«

»Ob du mich für blöde hältst«, wiederholte er. »Zuerst versucht dein Kumpel mich von hinten anzufallen, und jetzt willst du mich anmachen. Ich bin doch nicht verrückt. Ich ...«

»Ich mache dich nicht an«, protestierte Christina. »Im Ernst. Ich habe etwas, das du bekommst, wenn du James und mich gehen lässt.«

»Was?«, fragte Art und beugte sich drohend über sie.

»Geld«, entgegnete Christina, warf James einen Blick zu und schaute schnell wieder weg.

»Geld? Wo willst *du* denn Geld herkriegen?«, fragte Art skeptisch.

»Ich habe es schon. Eine Menge sogar«, entgegnete Christina. »Gehen wir. Ich gebe dir alles.«

Art knallte mit der Leine in seinen Händen wie mit einer Peitsche. »Du lügst.«

»Nein. Wirklich. Ich lüge nicht«, behauptete Christina.

Art beugte sich wieder über sie. »Ich warne dich ...«

James schloss die Augen und dachte angestrengt nach.

Er wusste, dass Christina kein Geld hatte. Sie hatte es ihm gesagt.

Wovon redete sie? Was hatte sie für einen Plan?

Wollte sie nur Zeit schinden? Wenn ja, dann war das dumm. Damit würde sie Art nur noch wütender machen, als er schon war.

James öffnete die Augen. Das Licht wurde schwächer und warf Schatten in den kleinen Raum. Im Halbdunkel schien die Leine zwischen Arts Händen zu glühen.

Draußen rauschten die Blätter der Mangroven im Wind.

Das einzige Geräusch, dachte James. Das einzige Geräusch meilenweit.

Wir sind allein hier. Ganz allein. Und Christina will Art mit nicht vorhandenem Geld bestechen.

Hastig ließ James den Blick durch die Hütte schweifen. Er suchte eine Waffe. Irgendwas. Irgendwas, womit er Art angreifen könnte, sollte er noch eine Chance bekommen. Aber bis auf den viereckigen Holztisch und die Stühle, auf denen er und Christina saßen, und einem Stapel vergilbter Zeitungen in der Ecke war der Raum leer.

»Zeig mir das Geld«, sagte Art und starrte Christina eindringlich an. Er versuchte festzustellen, ob sie die Wahrheit sagte.

»Versprichst du mir, dass du uns dann gehen lässt?«, fragte Christina und schaute wieder James an.

»Ja. Okay«, entgegnete Art.

»Es ist in meiner Reisetasche«, sagte Christina und deutete auf den Wagen vor dem Fenster. »Im Kofferraum.« Sie stand auf. »Soll ich es holen?«

Art packte ihre Schultern und stieß sie grob auf den Stuhl zurück. »Spar dir die Mühe. Ich gehe selbst«, sagte er und richtete den Blick auf James. »Denk dran, ich habe noch immer die Pistole. Ihr rührt euch hier nicht von der Stelle. Ich meine es ernst. *Wirklich* ernst. Habt ihr das kapiert?«

Schnell durchquerte er den kleinen dunklen Raum und ging nach draußen.

James flüsterte Christina zu: »Ich schnalle das nicht. Was hast du vor?«

»Vielleicht lässt er uns gehen«, flüsterte Christina zurück.

»Aber du hast doch kein Geld ...«, wandte James ein.

Schon kam Art mit Christinas Reisetasche in der Hand zurück. Er ließ sie in ihren Schoß plumpsen. »Zeig mir das Geld. Wenn du gelogen hast ...«

»Habe ich nicht«, beharrte Christina und zog mit zitternder Hand den Reißverschluss ihrer Reisetasche auf.

Was hat sie bloß vor? fragte sich James. Damit macht sie Art doch nur noch verrückter.

Christina kramte in den zusammengeknüllten Kleidungsstücken herum. »Hier«, sagte sie und hielt eine braune Brieftasche hoch.

James starrte verblüfft die Brieftasche an.

»Da drin sind fast tausend Dollar«, sagte Christina zu Art.

Er riss ihr die Brieftasche aus der Hand.

»Na los. Zähl's«, sagte sie.

James starrte Christina fassungslos an. »Das ist Pauls Brieftasche!«, rief er. »Du hast die Brieftasche meines Cousins gestohlen!«

»Halt die Klappe!«, schnauzte sie ihn an. »Er war so dämlich, sie einfach rumliegen zu lassen.«

»Kein Wunder, dass du und Terri gedacht habt, Paul würde uns verfolgen!«, sagte James kopfschüttelnd.

»Halt die Klappe. Halt einfach die Klappe«, warnte ihn Christina scharf.

»Ja. Das sind fast tausend Dollar«, sagte Art, faltete das Geldbündel und steckte es in seine Hosentasche. Die Brieftasche schleuderte er in eine Ecke der Hütte.

»Du kannst es haben«, sagte Christina und starrte James trotzig an.

»Ich *glaub's* einfach nicht«, murmelte James.

»Ich hab's schon«, sagte Art lächelnd.

»Du lässt uns also gehen?«, fragte Christina hoffnungsvoll.

»Klar. Okay. Ihr könnt gehen«, sagte Art.

23

»Wir können gehen?«, fragte Christina unsicher und wollte aufstehen.

Ein gemeines Lächeln breitete sich über Arts Gesicht aus. Und seine Augen hinter den Brillengläsern funkelten wachsam. Er stand mitten im Raum und wartete gelassen auf Christinas nächsten Schritt.

»Du hast gelogen«, sagte Christina und blickte enttäuscht zu Boden. Ihre langen Korkenzieherlocken fielen ihr ins Gesicht.

»Ja. Ich habe gelogen«, entgegnete Art selbstgefällig. »Aber danke für das Geld. Vielleicht wäre es mir nicht aufgefallen, wenn ich später eure Sachen durchsucht hätte.«

»Später? Was hast du mit uns vor?«, fragte Christina, hob den Kopf und starrte ihn an. Ihr Gesicht glich einer starren Maske, ihre Stimme war tonlos.

Art zuckte nur mit den Schultern.

»Hast du wirklich geglaubt, ich würde euch gehen lassen?«, fragte er höhnisch. »Hast du mich wirklich für so blöde gehalten?«

»Nein«, schluchzte Christina. »Ich meine – ja. Ich meine …«

»Hast du wirklich geglaubt, tausend Dollar würden reichen, um dafür zu bezahlen, was du getan hast?«, fragte Art und beugte sich über Christina, sein Gesicht dicht vor ihrem.

»Was?«, schrie Christina. »Was habe ich denn getan? *Sag* es mir!«

Schwer atmend starrte er sie wütend an, antwortete aber nicht.

James bewegte unauffällig die Hände hinter seinem Rücken und versuchte die Leine zu lockern, erreichte damit aber nur, dass die Fessel noch enger und schmerzhafter in seine Gelenke schnitt. Mit einem resignierten Seufzer gab er auf und blieb schlaff auf seinem Stuhl hocken.

Art griff wieder nach der Leine und spannte sie straff. »Hände auf den Rücken«, befahl er Christina mit unterdrückter Wut. Dann trat er einen Schritt zurück.

Christina rührte sich nicht. Mit beiden Händen umklammerte sie die Sitzfläche und starrte Art böse an. »Erzähl uns doch einfach, warum du uns das antust«, verlangte sie zu wissen.

»Hände hinter den Rücken«, wiederholte Art und ließ die Leine knallen.

Christina schüttelte den Kopf. »Ich will wissen, warum du das tust. Warum bist du uns gefolgt? Warum hast du uns gekidnappt? Warum?«

»Das weißt du doch«, sagte Art, jetzt vor Wut schäumend. »Deine Hände!«, schrie er.

Sein Wutausbruch jagte Christina solche Angst ein, dass sie aufgab. Gehorsam verschränkte sie die Hände hinter ihrem Rücken.

Art trat hinter den Stuhl und fesselte schnell ihre Handgelenke. »Bürstest du eigentlich nie dein Haar?«, fragte er.

»Mit gefesselten Händen dürfte das schwierig werden«, keifte sie zurück. Doch dann verriet ihre Stimme ihre Angst. »Willst du meine Frage nicht beantworten? Willst du uns nicht sagen, worum es hier überhaupt geht?«

»Das weißt du doch«, sagte er wieder und verknotete die Leine.

Jetzt sickerte etwas Sonnenlicht durch das Fenster, und in der Hütte wurde es heller. Die Strahlen fielen auf einen Ofen an der rückwärtigen Wand, auf dem James einen eisernen Kochtopf entdeckte. Eine Waffe, dachte er. Könnte ich mich doch nur von meinen Fesseln befreien.

Er drückte den Rücken durch und versuchte wieder, seine Hände zu bewegen. Aber der Schmerz war unerträglich. Wieder gab er auf, starrte den Kochtopf an, der so nahe war, beinahe in Reichweite, und doch so unerreichbar.

»Du weißt doch, warum ihr hier seid«, wiederholte Art, stellte sich in die Mitte des Raums und ließ Christina nicht aus den Augen.

»Bitte!«, schrie sie. »Warum wiederholst du das dauernd? Ich habe keine Ahnung. Wirklich.« Eine Träne rollte ihr über die Wange. Durch ihr wirres Haar starrte sie Art an.

Der wurde vor Wut rot, und er ballte die Fäuste. »Muss ich deinem Gedächtnis wirklich nachhelfen?«, schrie er unbeherrscht. »Muss ich das wirklich tun?«

»Sag uns doch einfach ...«, fing Christina wieder an.

»Hier hast du einen Tipp!«, schrie er. »Ich heiße Art Eckridge. Sagt dir das etwas?«

»Nein!«, keuchte Christina kopfschüttelnd. »Nein, nein, nein!«

»Art Eckridge!«, wiederholte Art, seinen Namen schreiend.

»Nein. Ich *kenne* dich nicht!«, beharrte Christina weinend.

»Tja, aber ich kenne *dich*!«, erklärte Art und kam zu ihr. »Dich und deine Freundin. Ihr habt meinen Vater umgebracht!«

24

Art ist wahnsinnig, dachte James. Verrückt. Total abgedreht. Er tickt nicht richtig.

»Ihr habt meinen Vater umgebracht.«

Trotzdem jagten diese Worte James einen Schauder über den Rücken.

Mit einem vernünftigen Menschen haben wir er hier

nicht zu tun, das wusste er jetzt. Der Typ ist irre. Total durchgeknallt. Er hat den Verstand verloren.

Mit dem kann man nicht vernünftig reden.

»Roger Eckridge!«, brüllte Art Christina an. »Roger Eckridge! Roger Eckridge!« Christina schloss die Augen, als könne sie damit verhindern, den Namen zu hören.

»Weißt du jetzt, warum ihr hier seid?«, schrie Art außer sich.

»Nein!«, beharrte Christina und schüttelte vehement den Kopf. »Ich kenne diesen Namen nicht. Ich kenne dich nicht! Du irrst dich!«

»Roger Eckridge!«, geiferte Art wieder. »Ihr habt ihn umgebracht! Du und deine Freundin!«

»Ich habe niemanden umgebracht«, protestierte James.

»Du nicht«, sagte Art überrascht, als hätte er James völlig vergessen. »Du nicht. Sie. Sie und ihre Freundin.« Er deutete ungestüm auf Christina.

»Terri?«, schrie Christina. »Was weißt du über Terri?«

»Um Terri habe ich mich schon gekümmert«, sagte Art leiser, aber noch immer schwer atmend.

Christina schluchzte laut auf.

»Du hast einen Fehler gemacht«, sagte James mit erzwungen ruhiger Stimme. »Du hast die Falschen erwischt. Hier handelt es sich um eine Verwechslung. Wenn jemand deinen Vater umgebracht ...«

»Sie und ihre Freundin haben meinen Vater umgebracht«, entgegnete Art und stieß mit dem ausgestreckten Zeigefinger nach Christina.

»Nein!«, protestierte Christina. »Du irrst dich!« Verzweifelt schaute sie James an. Ihr Blick besagte: *Was sollen wir nur tun? Wie können wir ihn überzeugen, dass er falsch liegt?*

James erwiderte ihren Blick, ratlos und verwirrt.

Er fror. Seine Handgelenke schmerzten. Seine Hände kribbelten. Die Leine schnürte seine Blutzirkulation ab.

Art ist verrückt.

Dieser Satz ging James nicht mehr aus dem Kopf.

Er ist verrückt. Und wir werden sterben.

»Wie oft habe ich Dad gewarnt, keine Anhalter mitzunehmen«, sagte Art aufgeregt, aber nicht mehr wütend. Er ging zum Fenster, drehte sich um und setzte sich auf das Fensterbrett. Jetzt drang kaum noch Licht in die Hütte. Der Raum war fast dunkel.

»Art. Hör mal ...«, fing Christina zu reden an.

»Ich habe Dad gewarnt«, wiederholte Art und schnitt Christina das Wort ab. »Immer wieder habe ich ihm gesagt, es sei heutzutage einfach zu gefährlich, Leute mitzunehmen. Aber Dad hat nicht auf mich gehört. Dad wollte immer an das Gute im Menschen glauben. Trotz der Nachrichten und all diesen Horror-Storys jeden Tag in den Zeitungen wollte Dad glauben, dass die Menschen gut seien; Menschen würden dazu erzogen, nett zueinander zu sein.«

Art griff in seine Hosentasche und zog die kleine Pistole heraus. Der Lauf schimmerte matt.

James schloss die Augen. Wäre doch alles vorbei, wenn ich sie wieder öffne, dachte er traurig.

Doch als er sie blinzelnd wieder aufmachte, war alles wie vorher. Art saß noch immer auf dem Fensterbrett und klatschte die Pistole gegen seine Handfläche.

»Tausendmal habe ich Dad gesagt, er soll keine Anhalter mitnehmen«, redete Art weiter. »Aber mit dieser Angewohnheit wollte er nicht brechen. Wisst ihr, Dad war ein netter, freundlicher Mann. Das hört man heutzutage nicht mehr oft. Nett und freundlich.« Er starrte Christina zornig an. »Diese Worte kennst du bestimmt nicht!«

Christinas Wangen waren blass und nass vom Weinen. »Art, lass dir von uns helfen«, bat sie. »Gehen wir zur Polizei. Sie wird diejenigen finden, die *wirklich* deinen Vater umgebracht haben.«

»Ja, Dad war freundlich«, redete Art weiter. »Nett und freundlich.« Er schien Christina nicht zu hören. Er schien in einer anderen Welt zu sein und starrte zu Boden, während er redete.

»Er glaubte an Hilfsbereitschaft«, sagte Art. »Er glaubte, wir alle müssten aufeinander aufpassen. Deshalb hat er immer Anhalter mitgenommen. Er sagte, Anhalter sähen immer so einsam, so verzweifelt, so hilfsbedürftig aus. Deshalb konnte Dad nie an ihnen vorbeifahren. Deshalb hat er *euch* mitgenommen«, sagte er und richtete den Blick auf Christina. »Dich und deine Freundin.«

»Wir haben deinen Dad nicht umgebracht! Nein, das haben wir nicht getan!«, schrie Christina und zerrte an ihrer Fessel. »Du musst mir glauben. Wir waren es nicht!«

Art verzerrte sein Gesicht zu einer bedrohlichen Grimasse.

»Hör mir zu!«, flehte Christina. »Gib mir doch eine Chance! Terri und ich waren es nicht. Es war James! James hat deinen Vater umgebracht. Ich *weiß*, dass er es getan hat!«

25

»James hat deinen Vater umgebracht!«, schrie Christina.

»Du spinnst wohl!«, rief James empört.

Er schaute Christina an, aber sie mied seinen Blick.

»Du musst mir glauben, Art. James hat mir die ganze Geschichte *erzählt*. James hat mir *erzählt*, wie er deinen Vater umgebracht hat.«

Art sprang vom Fensterbrett.

Diese plötzliche Bewegung erschreckte Christina derart, dass sie einen Schrei ausstieß.

Art machte einen Schritt auf James zu. Dann noch einen.

»He, das ist *verrückt*!«, schrie James und starrte Christina an. »Christina – was soll das? Warum hast du das gesagt?«

»Weil es wahr ist!«, schrie sie ihn an. »Erzähl's ihm, James. Erzähl Art, wie sein Dad dich mitgenommen und wie du ihn umgebracht hast. Erzähl Art die Geschichte, die du mir erzählt hast.«

Drohend ging Art noch einen Schritt auf James zu.

»Christina – du lügst!«, schrie James. Panik schnürte ihm die Kehle zu.

»Du glaubst mir – nicht wahr, Art?«, fragte Christina. »James hat mir alles gestanden. Du glaubst mir stimmt's, Art?«

»Ich glaube dir nicht«, sagte Art leise und hob die Pistole in Hüfthöhe.

»Aber James hat es mir doch erzählt!«, beharrte Christina schrill.

»Ich glaube dir nicht, weil ich dabei war«, sagte Art. »Ich war dabei, Christina, und habe dich und deine Freundin gesehen.«

»Nein! Das ist unmöglich. Es war James ...«, protestierte Christina.

Art brachte sie mit einem Schwenken seiner Pistole zum Schweigen.

Christina schnappte nach Luft und zuckte auf ihrem

Stuhl zurück, als wäre auf sie geschossen worden. »Du warst dabei?«

Art nickte, die Waffe auf sie gerichtet.

»Dad war auf dem Weg nach Hause«, sagte Art und kratzte sich mit dem Lauf an der Schläfe. »Und ich war auch mit dem Auto unterwegs, weil ich ihn besuchen wollte. Ich habe gesehen, wie du und deine Freundin ihn aus dem Wagen gezerrt habt. Ihr habt ihn auf den Randstreifen des Highways geschleift und dort liegen gelassen. Dann seid ihr davongefahren. Ich wollte euch hinterherfahren, musste mich aber um Dad kümmern.«

»Nein!«, schrie Christina. »Nein! Nein! Nein!« Mit geschlossenen Augen schüttelte sie vehement den Kopf.

Streitet sie es ab, fragte sich James. *Oder will sie nur, dass Art aufhört, sie zu beschuldigen?*

»Nein! Nein! Nein!«

»Ja«, beharrte Art. »Ich war dabei. Ich habe euch gesehen. Ich habe Terri gesehen. Ihr habt meinen Vater umgebracht. Ihr habt ihn sterbend am Highway liegen lassen und sein Auto gestohlen.«

»Nein! Nein!« Christina knallte ihren Kopf gegen die Rückenlehne. Ihre Augen waren noch immer geschlossen und ihr Gesicht qualvoll verzerrt.

»Terri hat mir alles erzählt«, redete Art weiter und ignorierte ihre heftige Reaktion. »Terri hat mir alles gestanden. Heute Morgen. Ehe ich mich um sie gekümmert habe.«

»Dich um sie gekümmert?«, fragte James mit vor Angst erstickter Stimme.

»Ehe ich sie für ihr Verbrechen bestraft habe«, sagte Art und ließ Christina nicht aus den Augen. Er senkte die Pistole und umfasste den Griff mit beiden Händen.

Christina hob laut schluchzend die Schultern, und ihr Körper zuckte krampfhaft.

»Du willst mir jetzt wohl erzählen, wie Leid dir das alles tut«, sagte Art bitter.

»Ich wollte ihn nicht umbringen«, platzte es aus Christina heraus. Große, glitzernde Tränen rollten über ihre Wangen und hinterließen Flecken auf ihrem T-shirt.

James schluckte mühsam. Ich fasse es nicht, dachte er.

Während der ganzen Fahrt mit Terri und Christina haben wir Radio und die Nachrichten über den alten Mann gehört, der niedergeschlagen und beraubt wurde – die ganze Zeit haben die Mädchen das gewusst ...

Er beugte sich vor und zappelte mit den Händen, um seinen Blutkreislauf anzuregen, damit das Kribbeln aufhörte.

In seinem Kopf wirbelten Bilder durcheinander wie in einem Kaleidoskop. Er sah Christina und Terri, wie sie den alten Mann aus dem Auto zerrten und davonrasten. Dann sah er, wie Christina die Brieftasche seines Cousins Paul stahl.

Mein Gott, was war ich dämlich! dachte James.

Ich bin mit den beiden gut ausgekommen. Christina hat mich umgehauen. Ich habe sogar geglaubt, dass sie auf mich steht.

Ich hielt mich für einen tollen Typen. Ich dachte, ich wüsste, was da abgeht.

Und die ganze Zeit ...

Wut stieg in ihm hoch, verkrampfte seine Muskeln, steigerte sich, steigerte sich – bis er am liebsten geschrien hätte.

Mein Gott, was war ich dämlich! Was war ich für ein Idiot.

»Ich wollte ihn nicht umbringen«, sagte Christina zu Art mit zitternder Stimme. In ihren Augen stand die nackte Angst. »Du musst mir glauben. Ich wollte den alten Mann nicht so hart schlagen. Mir ist einfach die Hand ausgerutscht, und das war's. Sein Kopf – er hat geknackt. Ich meine, ich wollte nicht ...«

Die Worte blieben ihr in der Kehle stecken. Sie schnappte keuchend nach Luft.

Art stand geduldig vor ihr, sagte kein Wort und wartete, bis sie weiterredete.

»Terri und ich wollten nur sein Auto«, fuhr Christina fort, noch immer schwer atmend und den Blick zu Boden gerichtet. »Wir hatten das Trampen so satt. Die Typen so satt, die uns mitnahmen und anbaggerten. Wir hatten kein Geld. Diese Typen, die wir am Strand von Fort Lauderdale kennen gelernt haben, stahlen unser Geld. Tolle Typen, was? Terri und ich hatten nicht einmal mehr Geld genug, um zu Hause anzurufen. Und wir waren doch außerdem nur so müde.«

»Also habt ihr beschlossen, die Freundlichkeit eines alten Mannes auszunutzen«, sagte Art verbittert.

Christina nickte. »Aber wir wollten ihn nicht umbringen. Das musst du mir glauben. Wir wollten nur sein Auto. Wir wollten einfach nur nach Hause fahren. Aber der alte Mann ... ich meine, dein Dad ...«

»Ich habe ihn ins Krankenhaus gebracht«, sagte Art und starrte – noch immer mit beiden Händen den Pistolengriff umklammernd – auf Christina hinunter. »Und dann bin ich nach Norden gefahren. Ich dachte mir, dass ich euch früher oder später aufstöbern würde. Ich dachte mir, dass ihr zu blöde wärt, den Honda meines Dad irgendwo stehen zu lassen.«

Christina nickte traurig. »Wir hätten ihn früher loswerden müssen. Terri und ich haben uns deswegen gestritten. Ich habe Terri gesagt, wir können das Auto nicht so lange behalten. Aber sie hat behauptet, wir könnten damit durchkommen ...«

»Wo ist das Auto?«, wollte Art wütend wissen. Er hob die Waffe und machte einen Schritt auf Christina zu. »Warum habt ihr heute Morgen am Straßenrand gestanden und den Daumen gehoben? Wo ist der Honda meines Dads?«

»Ich – ich habe ihn gestern Abend versteckt«, stammelte Christina.

»Was?«, rief James überrascht.

Sie schaute ihn an. »Ich habe Terri gestern Abend überredet, mit dir einen Spaziergang im Wald zu machen. Ich wusste, dass wir das Auto loswerden mussten. Ich wusste, dass wir deswegen verfolgt wurden. Aber ich wollte nicht, dass du Verdacht schöpfst. Als du mit Terri verschwunden warst, habe ich das Auto versteckt.«

James konnte nur noch den Kopf schütteln.

Ich kann es nicht fassen, dachte er. Was bin ich doch für ein Idiot. So ein Idiot!

Christinas Gesicht hellte sich plötzlich auf. »Ich bringe dich zu dem Auto«, sagte sie zu Art.

Art starrte auf sie hinunter, musterte ihr Gesicht. Er antwortete nicht.

»Ich zeige dir, wo es steht«, beharrte Christina. »Nimm mir die Fessel ab. Ich bringe dich hin. Du willst doch das Auto deines Dads wiederhaben, oder?«

Art blieb stumm. Seine Augen waren glasig. Er schien tief in Gedanken versunken zu sein, seine Miene war völlig ausdruckslos.

»Ich bringe dich hin«, wiederholte Christina verzweifelt. »*Bitte*! Ich zeige dir, wo das Auto steht.«

Wieder eine lange Pause.

Schließlich sagte Art leise: »Ist nicht drin. Mit dir habe ich was *anderes* vor.«

26

»Dad war so freundlich«, sagte Art. »So nett und freundlich. Er war wie ein zutrauliches Tier, wisst ihr. Immer hat er nach dem Guten im Menschen gesucht. Auch wenn da nichts war.«

Er verpasste Christina einen heftigen Stoß in den Rücken. Beinahe wäre sie gestürzt.

»Vorwärts!«, befahl Art.

Er hatte die beiden mit vorgehaltener Pistole aus der Hütte gescheucht. Ihre Hände waren noch immer gefesselt. Jetzt folgten sie einem Pfad, der durch ein Gewirr von Mangroven und Kletterpflanzen einen Hügel hinaufführte.

Rechts von ihnen ging allmählich die Sonne unter. Noch immer war es heiß und stickig. Winzige Insekten umschwärmten ihre Köpfe.

»Los! Vorwärts!«, drängte Art ungeduldig. Mit der Pistole im Anschlag ging er ein paar Meter hinter ihnen her. »Ich möchte euch was Interessantes zeigen.«

»Bring uns zur Polizei – bitte!«, flehte Christina. Beide schauten zu Boden und achteten auf die aus dem Weg ragenden Wurzeln.

»Die Polizei taugt in dieser Gegend nicht viel«, sagte Art sachlich. »Außerdem dauert ihre Ermittlungsarbeit viel zu lange. Ich aber glaube an schnelle Gerechtigkeit.«

»Was soll das heißen?«, fragte Christina mit zitternder Stimme.

»Das wirst du schon sehen«, entgegnete Art knapp. »Geh weiter. Da oben an dem Abhang ist es.«

Wo bringt er uns hin? fragte sich James und schaute sich gelegentlich um. Üppige Kletterpflanzen überwucherten den Pfad. Dahinter ragten borkenlose Bäume –

deren Wurzeln aus dem Schlamm ragten – mit ineinander verschlungenen gebogenen Ästen empor, durch deren Blattgewirr nur sporadisch Licht sickerte.

Hier ist nichts als Sumpf, dachte James. Was will er uns in einem Sumpf zeigen? Diesem ekligen Mangrovensumpf.

Christina berührte ihn kurz, schaute zu ihm hoch und versuchte, seinen Blick einzufangen.

Doch James wandte sich abrupt mit finsterem Gesicht ab und marschierte mit großen Schritten vor ihr her.

Die hat mich lange genug verarscht, sagte er sich.

Er dachte an die Küsse ... An die Nacht in Pauls Haus ... an ihr Geschmuse auf dem Rücksitz des Autos, während Terri fuhr ...

Und dann versucht sie Art einzureden, *ich* sei derjenige, der seinen Vater umgebracht hat.

Ich bin nicht mehr dein Lutschbonbon, Christina, dachte James bitter.

Er schluckte hart. Wahrscheinlich muss ich ihretwegen *sterben*, wurde ihm klar. Diese Ungerechtigkeit traf ihn so plötzlich, dass ihm die Luft wegblieb. Er blieb mitten auf dem Weg stehen.

Ich werde sterben. Grundlos. Einfach so.

»Vorwärts!«, befahl Art ungeduldig und wedelte mit der Waffe. »Los, rauf auf den Hügel!«

Stechmücken schwirrten um James' Gesicht. Eine flog ihm ins Auge. Er konnte die Hände nicht heben und sie wegwischen.

Christina versuchte wieder, ihm ein Zeichen zu geben, aber er ignorierte sie, marschierte vor ihr her, stieg über den Strunk einer Kletterpflanze und schüttelte heftig den Kopf, um die Stechmücken zu vertreiben.

»Das alles gehört einem Freund von mir«, sagte

Art dicht hinter ihnen und etwas atemlos. »Auch die Hütte. Er und ich übernachten da manchmal, wenn wir fischen gehen.«

Christina und James antworteten nicht. Die drei hatten beinahe die höchste Stelle des Pfads erreicht.

»Deshalb kenne ich diesen Ort«, redete Art weiter, als würden sie sich nur angeregt unterhalten. Er kicherte. »Ihr habt doch nicht angenommen, ich sei zufällig hierher gekommen, oder?«

Wieder antworteten Christina und James nicht.

»Nein, mein Freund Jack und ich sind oft in der Hütte. Natürlich wusste ich da noch nicht, dass sie mir einmal so nützlich sein könnte.«

Wo bringt er uns hin, fragte sich James und schaute den Hügel hoch.

Hier ist nur Sumpf, nichts als Sumpf.

Was gibt es hier oben so Spezielles? Bringt er uns nur hieher, um uns zu erschießen? Eine versteckte Stelle, tief im Morast, wo wir nie gefunden werden?

»Bitte!«, flehte Christina, blieb stehen und drehte sich zu Art um. »Bitte – bring uns zur Polizei.«

»Mein Freund Jack hat ein außergewöhnliches Hobby«, redete Art beinahe fröhlich weiter.

»Bitte!«

»Ich kenne niemanden, der ein ähnliches Hobby hat«, sagte Art und winkte Christina mit der Pistole weiter. »Jeder, dem ich bisher diesen Ort gezeigt habe, findet ihn ziemlich erstaunlich. Außerordentlich erstaunlich, kann man sagen.«

»Ich habe noch mehr Geld!«, flehte Christina. »Ich kann mehr Geld auftreiben. Eine ganze Menge. Von meinen Eltern. *Bitte.*«

»Hier draußen gibt's Dinge, mit denen man rechnet«, fuhr Art, noch etwas atemloser, »und es gibt Dinge, mit denen man *nicht* rechnet. Also, ich kenne

Jack seit einer Ewigkeit. Wir sind zusammen zur Schule gegangen, versteht ihr? Und er war schon immer ein bisschen verrückt. Ein bisschen exzentrisch.«

»Wie viel Geld willst du?«, schrie Christina. »Ich kann es dir beschaffen. Meine Eltern sind stinkreich. *Bitte* ! Bitte, hör mir zu!«

»Aber das ist sogar für Jack ein außerordentlich exzentrisches Hobby«, erklärte Art und stieg über einen abgebrochenen Ast. »So. Da sind wir.« Er grinste die beiden an. »Hier geht's nicht mehr weiter. Schluss.«

Der Pfad endete abrupt. Zu beiden Seiten wichen die Mangroven-Bäume zurück. Als wären sie am Ende der Welt angekommen.

Das Ende der Welt, dachte James. Wahrscheinlich war's das.

»Ich kann dich reich machen. Echt!«, beharrte Christina.

Sie standen am Rand eines steilen Abgrunds. James schwitzte vom Aufstieg, er fühlte sich unwohl. Die Kleider klebten an seinem Körper. Seine eng gefesselten Handgelenke schmerzten.

Widerwillig senkte er den Kopf und blickte in einen Abgrund.

Tief unten war Wasser. Ein großer Teich mit grünbraunem Wasser. Schatten tanzten über der stillen Oberfläche.

»Seht genau hin!«, drängte Art die beiden. »Der Teich ist tiefer als ihr glaubt.«

Christina erschauderte und stieß einen Schreckensschrei aus.

»Ob du's glaubst oder nicht – das ist ein Süßwasser-Teich«, sagte Art und trat dicht hinter Christina.

Mit vor Entsetzen verzerrtem Gesicht drehte sie sich um. Er schaute über ihre Schulter, hinunter aufs Wasser.

»Es *muss* Süßwasser sein, wisst ihr. Wegen Jacks Hobby«, fuhr er fort. »Seht genau hin.«

Christina und James starrten gehorsam in den Abgrund.

Das Wasser war ruhig und trübe. Nur kleine Wellen kräuselten die Oberfläche. Sonst nichts.

»Piranhas brauchen Süßwasser«, verkündete Art sachlich. »Deshalb musste Jack seine Hütte in der Nähe eines Süßwasser-Teichs bauen. Für sein Hobby. Versteht ihr? Jack züchtet hier Piranhas. Habt ihr schon mal was von Piranhas gehört?«

James nickte stumm. Als ihm klar wurde, was Art mit ihm und Christina vorhatte, lief ihm ein kalter Schauder über den Rücken.

»Bitte!«, wimmerte Christina.

»Piranhas sind ein sehr interessantes Hobby, meint ihr nicht auch?«, fragte Art fröhlich. »Jack hat diesen kleinen Teich gut bestückt. Gut bestückt. Hey – seht ihr den dort springen?«

»Bitte!«, wimmerte Christina wieder. *»Bitte* !«

»Nur eins muss ich Jack zum Vorwurf machen«, redete Art ungerührt weiter und ignorierte Christinas Flehen. Noch immer starrte er fasziniert in den Abgrund. »Jack ist ein guter Kumpel, aber er hat einen Fehler. Er füttert seine Lieblinge nicht genug. Hört ihr, was ich sage? Er lässt seine Piranhas hungern. Man könnte sogar sagen, er lässt sie *verhungern.*«

James stieß laut den Atem aus. Hat er uns hierher gebracht, um uns totzuquatschen? fragte er sich wütend. Er quält uns absichtlich und genießt seine Grausamkeit.

James versuchte, seine Hände zu befreien, aber die Fessel schnitt nur noch tiefer in seine Gelenke. Er schnappte vor Schmerz keuchend nach Luft.

Dieses Geräusch lenkte Arts Aufmerksamkeit auf James. »Pech für dich, mein Junge. Du bist da in eine Sache reingeraten, mit der du nichts zu tun hast.«

»Lässt du mich laufen?«, fragte James und musterte Art kalt.

Art schüttelte den Kopf. »Das geht doch nicht, oder? Lass es dich eine Lehre sein: Treib dich nicht mit der falschen Sorte Frau rum. Wahrscheinlich wird dir diese Lehre aber nichts mehr nützen.«

»*Bitte* ...«, wiederholte Christina wimmernd und hob die Schultern.

»Weißt du was?«, sagte Art zu James. »Ich gebe dir eine Chance.«

»Eine Chance?«, fragte James zögernd.

»Ja. Du gehst als Zweiter.« Art lachte, als hätte er einen furchtbar komischen Witz erzählt.

Laut keuchend und am ganzen Körper bebend wandte Christina den Blick von dem mörderischen Teich unten ab und sah Art an.

»Deine Freundin Terri hatte heute früh viel Spaß da unten«, erzählte Art und wandte sich an Christina. »Du hättest dieses Herumgeplantsche hören sollen.«

Er nahm ein Messer aus seiner Hosentasche und ließ die Klinge aufschnappen. »Haltet still«, befahl er beiden. »Ich schneide jetzt eure Fesseln durch. Mit freien Händen könnt ihr besser kämpfen. Mal sehen, ob ihr es schafft, um euer Leben zu schwimmen.«

Er durchschnitt die Leine an Christinas Handgelenken. Und dann James' Fessel.

»Ich begreife Jack einfach nicht«, murmelte Art. James schüttelte seine Hände, in denen er kein Gefühl mehr hatte. »Wie kann er diese prächtigen Burschen da unten nur so *hungern* lassen!«

Er steckte das Messer in die Hosentasche zurück und drückte Christina die Pistole in den Rücken.

»Willst du springen oder soll ich dich stoßen?«, fragte er drohend.

»Bitte!«, schrie Christina, am ganzen Körper zitternd.

»Springen oder Stoßen?«, wiederholte Art.

Christina zerrte verzweifelt an ihren Haaren. »Oh, bitte ...«

»Okay. Dann entscheide ich für dich«, sagte Art.

Er winkelte beide Arme an und verpasste Christina mit aller Kraft einen heftigen Stoß.

27

Als Art zustieß, hatte sich Christina auf die Seite und auf die Knie fallen lassen.

»Nein!«, schrie Art, von Entsetzen gepackt. Aber er konnte sich nicht mehr bremsen. Die heftige Bewegung schleuderte ihn nach vorn, über den Rand des Abgrunds. Mit ausgestreckten Händen versuchte er, irgendwo Halt zu finden.

Aber er griff ins Leere.

James sah das Entsetzen in Arts Gesicht und dann seine Angst. Verzweifelt mit den Armen rudernd, stürzte Art in die Tiefe und schlug mit einem lauten *Platsch* auf dem grünbraunen Wasser auf.

Eine perfekte Bauchlandung, dachte James grimmig. *Platsch*!

Wellen spritzten auf und klatschten zurück, und Art verschwand im aufgewühlten, trüben Wasser.

Dann wurde der Teich plötzlich lebendig.

James spähte in das wirbelnde Wasser hinunter und sah knapp unter der Oberfläche Schatten umherhuschen. Dutzende und Aberdutzende dunkle Leiber schossen plötzlich in dieselbe Richtung.

Art tauchte in einem wirbelnden Wellenkreis wieder auf. Zuerst der Kopf, dann beide Arme, die sich reckten und reckten, wie jemand, der eine Leiter hochklettern will.

Von allen Seiten griffen die zuckenden Leiber jetzt an.

Arts Arme peitschten das Wasser.

Er öffnete den Mund zu einem stummen Schrei, ehe sein Kopf wieder verschwand.

Der Teich brodelte. Art schlug und trat um sich, wirbelte Wasser auf, Wellen brandeten.

Erneut tauchte sein Kopf auf. Sein Körper zuckte und wand sich, als würde er mit einem unsichtbaren Feind kämpfen. Verzweifelt strampelte er mit den Beinen und klatschte mit den Händen auf die Oberfläche.

Und dann sah James – der voll Entsetzen und doch fasziniert auf den Teich starrte – einen tiefen Riss in Arts Rücken. Und noch einen. Und Risse an Arts Armen. Und eine klaffende Wunde an seiner Seite.

Art kämpfte verzweifelt. Zuckte und zappelte und fuchtelte mit den Armen, bis er wieder im Wasser versank. Als würde er hinuntergezogen, dachte James. Und dann sah er, wie sich das Wasser rötete. Von Blut rot wurde.

Rote Wirbel, von rosa Schaum gekrönt.

Rote Lachen. Rote, sich ausbreitende Kreise.

Ein letztes Mal tauchte Art noch auf. Einen Arm in den Himmel gereckt.

Der andere hing leblos im roten Wasser. Fleischfetzen waren aus seinem Körper gerissen worden. Er trieb in einem Kreis dunklen Blutes. Sein Kopf hüpfte auf der Oberfläche wie eine demolierte Holzboje –

ein zerfetzter roter Ball. James sah die tiefe Wunde an Arts Hals. Sah den blanken Schulterknochen. Sah ein fleischloses Bein an die Oberfläche driften.

Und da sich Art jetzt nicht mehr bewegte, hörte James das Klicken der Zähne, das Reißen und Zerren im Wasser.

Dann bedeckte der dunkle Kreis aus Blut, was von Arts Körper übrig geblieben war. Er versank.

James trat endlich – die entsetzlichen Geräusche noch immer im Ohr – vom Abgrund zurück und beugte sich über Christina.

Noch immer lag sie auf den Knien, bedeckte mit beiden Händen ihr Gesicht und zitterte am ganzen Körper.

»Er ist tot«, sagte James leise und kniete sich neben sie.

Christina reagierte nicht.

Zuerst dachte James, sie weine. Doch als Christina die Hände senkte, sah er, dass ihr Gesicht trocken und ihre Augen klar waren.

»Art ist tot«, wiederholte James. »Die Piranhas ... haben ihn in Stücke gerissen.«

»Wie schrecklich«, flüsterte sie und starrte zu Boden.

»Kannst du aufstehen?«, fragte James und griff nach ihrem Arm, um ihr aufzuhelfen. »Wir müssen von hier verschwinden.«

Verwundert schaute sie zu ihm hoch. »Von hier verschwinden?«

James nickte. »Wir müssen die Polizei verständigen oder irgendwas tun. Wir müssen ihr erzählen, was mit Art passiert ist. Und mit Terri.«

Christina machte keine Anstalten aufzustehen und starrte ihn nur an. Dann schüttelte sie den Kopf und senkte ihn wieder.

»Christina – bist du okay? Kannst du aufstehen?« Er

richtete sich auf und griff wieder nach ihr. »Lass uns von hier verschwinden«, drängte er. Bei dem Gedanken an das Knirschen der Zähne und das Blut überlief ihn ein Schauder. »Ich möchte so weit wie möglich von hier weg.«

»Aber das kannst du nicht«, sagte sie leise.

»Was?«

»Du *kannst* hier nicht weg«, sagte Christina, beugte sich vor und hob etwas vom Rand des Abgrunds auf.

Arts Pistole.

Sie richtete die Waffe auf James.

Ihre Hand war jetzt ruhig, bemerkte er. Zitterte nicht mehr.

»Du kannst hier nicht weg, James«, sagte sie. »Auch du gehst schwimmen.«

28

»Hey, Moment mal!« James trat einen Schritt zurück. Dann noch einen.

Christina stand schnell auf. »Lauf nicht weg«, sagte sie leise und richtete die Pistole auf seine Brust.

»Aber, warum?«, schrie er.

»Blöde Frage«, höhnte sie. »Du bist so dumm, James.«

»Ja, du hast Recht«, stimmte er zu und machte mit den Händen beschwichtigende Gesten. »Okay, okay. Vergessen wir die Polizei. Art. Arts Vater. Vergessen wir alles. Lass uns nur von hier verschwinden.«

Christina schüttelte wieder den Kopf. »Es gibt kein *uns*. Nur mich«, sagte sie kalt.

»Wir gehen getrennte Wege«, sagte James und starrte über ihre Schulter in den schattigen, dichten Wald. »Wir trennen uns einfach. Wir sehen uns nie wieder. Wir reden nie darüber. Mit niemandem. Okay?«

Christine senkte die Waffe in Hüfthöhe. »Nicht okay«, sagte sie kategorisch mit ausdrucksloser Miene und musterte ihn kalt zwischen ihren wirren Haaren hindurch.

»Christina – ich verspreche dir, meine Lippen sind versiegelt.« Er fuhr sich mit dem Finger über den Mund, als würde er ihn mit einem Reißverschluss verschließen. »Sei doch vernünftig.«

»Ich bin vernünftig«, entgegnete sie. »Du bist der einzige andere Mensch, der weiß, was in dieser Woche passiert ist, James. Der Einzige, der über den alten Mann, das gestohlene Auto und über Art Bescheid weiß. Also der einzige Zeuge.«

»Ja, stimmt. Aber ...« James starrte weiterhin über Christinas Schulter.

»Wenn du also bei den Piranhas ein Bad nimmst, bleibt nur noch ein Mensch übrig, der alles weiß«, sagte Christina. »Ich. Und mir vertraue ich. Ich bin die Einzige, der ich vertraue, James. Ich gehe weg von hier, James. Ich gehe, und du bleibst.«

Sie hob die Pistole und winkte ihn zum Rand des Abgrunds. »Spring da rein, James! Sofort!«

»Christina – warte doch!«

»Spring rein! Zwing mich nicht, dich vorher zu erschießen.«

»Christina!«

»Vielleicht hast du Glück und ertrinkst, ehe die Piranhas dich angreifen. Jetzt müssten sie ja satt sein.«

»Und wenn ich nicht springe?« Er trat einen Schritt auf sie zu.

Mit ruhiger Hand zielte sie auf seine Brust. »Ich

zähle bis drei. Springst du nicht, schieße ich. Dann stoße ich dich in den Abgrund.«

»Wow, wie kalt du bist«, sagte James kopfschüttelnd. »Eiskalt.«

»Das muss ich sein«, sagte sie leise. »Halt mich nicht länger hin.«

»Ich glaube nicht, dass du abdrückst«, sagte er.

»Da wäre ich mir an deiner Stelle nicht so sicher«, entgegnete sie. »Los, spring!« Sie deutete mit dem Lauf zum Abgrund. »Eins ...«

»Komm schon, Christina – du und ich ...«

Sie lachte höhnisch. »Du bist echt blöd, James. Zwei ...«

»Du erschießt mich nicht«, beharrte er.

»Doch, ich denke schon«, entgegnete sie. »Und dann haue ich ab.«

»Nein, *das tust du nicht*!«, sagte jemand hinter Christina.

29

Beim Klang der Stimme drehte sich Christina abrupt um. Eine zerlumpte, blutverschmierte Gestalt taumelte auf die beiden zu.

Christina erkannte sie sofort. »Terri!«, schrie sie.

Ein Bein hinter sich herziehend, wankte Terri näher. James hatte sie über Christinas Schulter hinweg beobachtet und gewartet, dass sie etwas unternahm. Jetzt sah er den großen weißen Stein in ihren Händen.

»Terri!«, wiederholte Christina. »Aber ... wie ...«

Feuchte Strähnen dunklen Haars hingen ihr ins Gesicht. Ihre Arme und Beine waren mit schartigen Wunden bedeckt. Jeans und Top waren nur noch blutbefleckte Fetzen. Eine Seite ihres Gesichts war mit braunem, getrocknetem Blut verkrustet.

Terri ignorierte Christinas überraschte Schreie und taumelte näher.

»Terri – nein! Was *tust* du?«, schrie Christina und wich einen Schritt zum Rand des Abgrunds zurück.

Bei jedem Schritt keuchend, starrte Terri mit wild funkelnden Augen Christina an und hob den Stein.

Christina wich noch einen Schritt zurück. »Terri – nicht!«

Vor Anstrengung stöhnend, hob Terri den Stein über den Kopf, um ihn nach Christina zu schleudern.

Wenn Christina noch einen Schritt zurücktritt, stürzt sie in den Abgrund, dachte James und beobachtete die Szene mit stummem Entsetzen. Sie ist so überrascht und erschrocken, dass sie die Waffe in ihrer Hand vergessen hat.

Ich bin gerettet, dachte James dankbar. Noch ein Schritt zurück, Christina. Nur ein Schritt. Und Terri und ich *verschwinden* von hier.

Mit einem lauten Schrei schwenkte Terri die Arme nach hinten, um Schwung zu holen.

Noch ein Schritt, Christina, drängte James stumm. Noch ein Schritt zurück.

Doch zu James' Überraschung sprang Christina stattdessen nach vorn. Sie ließ die Waffe fallen, packte Terris erhobene Arme – und schwang sie über den Rand des Abgrunds.

James schnappte keuchend nach Luft, als er das abscheuliche Platschen hörte.

Dieses Mal überlebt Terri nicht, dachte er.

Christina hatte die Pistole bereits wieder in der

Hand. »Niemand rettet dich jetzt mehr«, sagte sie schwer atmend und deutete mit dem Lauf zum Abgrund. »Na los! Spring!«

30

»Spring!«, schrie Christina.

Unbändige Wut stieg in James auf, und diese Wut verdrängte alle Angst.

Er machte einen Schritt auf den Abgrund zu. Dann noch einen.

»Spring!«, kreischte Christina.

James warf sich herum und trat so hart zu wie er konnte.

Christina reagierte nicht schnell genug. James Fuß traf ihr Handgelenk. Überrascht stieß sie einen heftigen Schmerzensschrei aus. Die Pistole flog in den Abgrund.

Beide hörten das Platschen unten.

Und dann kämpften sie, stöhnend und schreiend zerrten und stießen sie einander immer näher an den Abgrund.

»Nein! Nein! Nein!«, schrie Christina, als James seine kräftigen Arme um ihre Taille schlang und versuchte, sie mit seinem Griff auszuhebeln.

Runter, runter, runter! dröhnte es in seinem Kopf.

»Ooh!«, heulte er, als sie ihm das Knie in den Magen rammte. Er schnappte nach Luft und fiel hin.

Ich bin tot, dachte er. Jetzt bin ich tot.

Sie stand über ihm, bereit, ihm den Rest zu geben.

Er senkte den Kopf – und sah hinter Christina eine

Hand hochkommen. Eine Hand von unten. Eine Hand griff über den Rand.

Die Hand packte Christinas Fußgelenk und zerrte.

Christinas Lippen formten einen Schrei, sie verlor das Gleichgewicht und stürzte in den Abgrund.

James hörte ihren Körper unten aufklatschen. Und dann das verzweifelte Umsichschlagen. Die Hilferufe. Das Klicken der Piranha-Zähne. Schreie, schmerzerfüllt, voller Todesangst. Dann: Stille.

James beugte sich über den Rand. Terri klammerte sich an eine aus dem Abhang ragende Baumwurzel. Er packte ihre Hand. Dann die andere. Und zog sie mit letzter Kraft hoch.

»Hilf mir«, stöhnte Terri, kroch vom Rand weg und brach zusammen. Sie hielt ihm ihren blutenden Arm hin. »Bitte ...«

»Ich habe doch gehört, wie du auf dem Wasser aufgeprallt bist«, keuchte James und versuchte, einen klaren Kopf zu bekommen. »Ich habe das Platschen gehört ...«

»Das war der Stein«, sagte sie. »Der Stein ist runtergefallen. Ich habe mich an den Abhang gekrallt. Da war eine Wurzel, ich konnte sie packen und ... ooh. Bitte, hilf mir.«

»Irgendwo in dieser Gegend muss es ein Krankenhaus geben«, sagte James. »Wir fahren mit Arts Auto.«

Christinas letzten qualvollen Schrei noch im Ohr, bückte er sich und half Terri auf die Beine.

Die beiden Polizisten kamen aus Terris Krankenzimmer und nickten James zu. Er war bereits stundenlang verhört worden und hatte alles erzählt, was er wusste. Alles, was passiert war, seit Christina und Terri ihn mitgenommen hatten. Jetzt waren sie endlich auch mit Terris Befragung fertig.

James sah ihnen nach, als sie den langen Krankenhausflur entlanggingen und ihre Notizen verglichen. Nachdem sie um eine Ecke gebogen und außer Sicht waren, ging er in Terris Zimmer.

Sie lächelte ihn an. Ihre Wange war genäht worden. Das Bettlaken reichte ihr bis zum Kinn.

»Ich bin nur gekommen, um mich zu verabschieden«, sagte James und blieb verlegen im Türrahmen stehen.

Mit einer Geste bedeutete sie ihm, den Klappstuhl ans Bett zu stellen.

»Nein. Ich muss wirklich gehen«, sagte er.

Warum brachten ihn Krankenhäuser immer ins Schwitzen?

»Danke, dass du mich hergebracht hat«, sagte Terri schüchtern. »Wahrscheinlich tut es dir Leid, dass du in unser Auto gestiegen bist.«

»Ja. Stimmt«, entgegnete er ehrlich und lächelte.

»Ich habe versucht, Christina zu überreden, zur Polizei zu gehen«, sagte Terri stirnrunzelnd. »Ich hab's echt probiert. Nachdem sie den alten Mann niedergeschlagen hatte, wollte ich nicht mehr mitmachen. Ich wollte mich der Polizei stellen. Darüber haben wir die ganze Zeit gestritten.«

James kratzte sich am Kopf. Er lehnte sich gegen die Wand. »Wie blöd ich doch bin«, meinte er grinsend. »Ich dachte, ihr hättet *meinetwegen* gestritten.«

Terri lachte. »Au! Bring mich nicht zum Lachen!«, schrie sie. »Wie kannst du nur so eingebildet sein?«

James zuckte verlegen mit den Schultern.

»Ich wollte nicht halten und dich mitnehmen«, sagte Terri. »Christina und ich steckten in echt großen Schwierigkeiten, und ich fand es sinnlos, dich da mit reinzuziehen. Aber Christina fand das zum Schreien komisch. Sie sagte, sie brauche Zerstreuung.«

»Also hat sie mich nur benutzt«, stellte James fest.

»Wir hatten deswegen Streit, aber ich habe verloren. Deshalb war ich am Anfang so abweisend zu dir. Ich wollte dich warnen.«

»Was war an jenem Abend im Motel. Du bist in mein Zimmer gekommen und ...«

»Christina hat mich dazu gezwungen«, erklärte Terri. »Wir haben darüber gestritten, ob wir den Honda loswerden müssten oder nicht. Sie hat gewonnen. Du solltest aus dem Weg sein, damit sie das Auto verstecken konnte. Und als wir aus dem Wald zurückkamen, hat sie ...«

Ihre Stimme brach ab, und Tränen traten ihr in die Augen.

»Sie hat mich gefragt, ob ich das Versteck sehen will. Ich sagte nein, es wäre mir egal. Aber sie bestand darauf, dass ich sie begleite. Dann führte sie mich in einen anderen Teil des Waldes. Dort war es sehr sumpfig. Sie sagte, sie könne es nicht riskieren, dass ich feige aus der Sache aussteige. Das sei ein zu großes Risiko, sagte sie. Sie schlug auf mich ein. Mit einem dicken Ast. Immer wieder. Ich bin zu Boden gegangen und stellte mich tot. Sie dachte, sie hätte mich umgebracht. Also ist sie ins Motel zurückgegangen.«

»Eiskalt«, sagte James leise. »Eiskalt.« Er verlagerte sein Gewicht und verschränkte die Arme vor der Brust. »Was ist dann passiert?«

»Ich war ziemlich schlimm verletzt«, erzählte ihm Terri und glättete mit einer Hand die Bettdecke. »Ich war echt groggy und als ich aufblickte, beugte sich ein Mann über mich. Es war Art.«

»Hat er dich zur Hütte gebracht?«

»Ganz früh, im Morgengrauen. Er hat mich in den Piranha-Teich gestoßen. Es ... es war ein Alptraum. Aber ich bin davongekommen, weil ich eine gute

Schwimmerin bin. Sogar *ich* wusste nicht, dass ich so gut bin. Irgendwie habe ich es geschafft, aus dem Teich rauszukommen. Art hatte es so eilig zurückzufahren, um euch aufzustöbern, dass er sich nicht vergewissert hat, ob ich tot bin.«

»Und dann hast du im Sumpf gewartet?«, fragte James.

»Ich glaube, ich war eine Weile ohnmächtig. Wahrscheinlich stand ich unter Schock. Dann hörte ich Stimmen. Ich habe dich und Christina gesehen. Ich habe gesehen, was passiert ist.« Sie schluckte krampfhaft und schloss die Augen. »Den Rest kennst du.«

»Du hast mir das Leben gerettet«, sagte James.

»Und du meins«, entgegnete Terri, öffnete die Augen und lächelte ihn an. »Damit sind wir wohl beinahe quitt.« Sie warf einen Blick auf seine Segeltuchtasche. »Wo fährst du jetzt hin? Weiter nach Norden?«

»Nein.« Er schüttelte den Kopf. »Zurück nach Key West.«

»Zurück nach Hause?«

»Ja. Dort wartet ein Mädchen auf mich. Sie heißt Melissa. Ich habe ihr sehr wehgetan. Ich will zurückgehen und ...«

»Du hast ihr wehgetan?«

»Na ja ... ich habe mich von ihr getrennt. Und ich habe ihr echt wehgetan. Sie ...«

»Du bist wirklich ein eingebildetes Schwein!«, sagte Terri lachend.

Diese Feststellung überraschte James. Er verstummte abrupt und ein nachdenklicher Ausdruck breitete sich auf seinem Gesicht aus.

Wahrscheinlich hatte Terri Recht. Melissa war zwar sehr verletzt durch sein Benehmen gewesen, aber nicht so sehr, wie ihm das vorgeschwebt hatte.

Nun musste auch er lachen. »Jetzt gehe ich wohl

besser. Bist du okay?« Er griff nach seiner Segeltuchtasche.

»Ja. Meine Eltern sind auf dem Weg hierher«, sagte Terri.

Er wandte sich zur Tür.

»Wie kommst du denn nach Hause?«, rief Terri ihm nach.

»Per Anhalter«, sagte er.

»Viel Glück«, wünschte sie ihm.